어제, 오늘

그리고

내일

어제, 오늘 그리고 내일

초판 1쇄 인쇄 2014년 02월 14일
초판 1쇄 발행 2014년 02월 21일

지은이   추 은 진
펴낸이   손 형 국
펴낸곳   (주)북랩
출판등록   2004. 12. 1(제2012-000051호)
주소   서울시 금천구 가산디지털 1로 168,
          우림라이온스밸리 B동 B113, 114호
홈페이지   www.book.co.kr
전화번호   (02)2026-5777
팩스   (02)2026-5747

ISBN   979-11-5585-155-5 03810(종이책)
          979-11-5585-156-2 05810(전자책)

이 도서의 국립중앙도서관 출판시도서목록(CIP)은 서지정보유통지원시스템 홈페이지(http://seoji.nl.go.kr)와
국가자료공동목록시스템(http://www.nl.go.kr/kolisnet)에서 이용하실 수 있습니다.
(CIP제어번호 : 2014004508)

추은진의 첫 포토 에세이

🍃 사진_ Sam Lee

어제, 오늘

그
리
고

내일

추은진 글 🍃

book Lab

서 문

하느님은 찬미 받으소서!

초가 타고 있습니다. 책상에 오랫동안 있던 라벤더 빛깔의 초가 드디어 제 몸을 태우고 있습니다.

지난 2013년은 시작부터 무척 힘들고 고통스러웠던 해였습니다. 의사들조차 병명을 알아내지 못하고, 고칠 수도 없는 아픔으로 힘들어 하고 있을 때 나를 위해 기도해 주신 시부모님과 친정 부모님, 언니, 동생, 친구들, 그리고 주위의 모든 분들께 고마움을 전합니다.

특히 곁에서 나를 지켜 본 남편에게 세상 최고의 고마움을 전하고 싶습니다. 남편은 아파서 울던 나를 부둥켜안고 기도해주기도 하고 운전하기조차 힘들어하는 나와 함께 집에서 30분 정도 떨어진 의사에게 꼭꼭 동행해 주었으며, 아침마다 세상이 시끄러워 죽고 싶다며 징징대는 투정을 듣고도 위안과 용기를 주었습니다. 그리고 무엇보다도 남편에게 고마운 것은 이 책이 세상에 나올 때까지 배려와 사랑으로 응원해주었음입니다.

2014년 5월 새벽에 지난 일 년 동안 나를 괴롭혔던 통증과 귀에서의 굉음이 사라져 버린 것은 하느님이 보여주신 사랑이라는 걸 나는 믿습니다. 그날 새벽의 기쁨은 내 두 눈에서 멈출 수 없는 감사의 눈물을 쏟게 했고, 남편과 함께 뜨거운 감사의 기도를 하느님께 드리게 했습니다. 세상이 고치지 못한 것을 그분은 고쳐주셨습니다. 이 책을 마무리할 즈음 내게 보여주신 치유의 은총은 아마도 죄 많은 나로 하여금 글로써 당신의 사랑을 세상에 남기기를 원하셨음이 아닌가 생각합니다. 그래서 나는 그분을 찬미하고 영광 드리는 글을 이 책의 서문으로 쓰지 않을 수가 없습니다.

이제, 심신이 좋습니다. 새소리가 맑게 들리고 사람들 소리가 맑고 투명하게 들립니다. 그리고 통증으로 미간에 인상을 쓰지 않고 약도 먹지 않습니다. 아픔을 통해 얻은 것이 있다면 소음은 세상이 내게 주는 것이 아니라 내 안에 있다는 것입니다. 그 동안 그분께서 내게 보여주시려고 했던 메시지를 이제야 알게 되었고 왜? 왜? 외치기만 했던 아둔한 마음이 마치 안개가 걷힌 듯이 맑아지기 시작합니다.

이렇게 깨끗해진 마음 밭에 오늘도 무슨 씨앗을 심을까? 하느님의 마음을 헤아리며 나는 잠심 중입니다. 그래서 이 포토에세이에 실린 글과 사진이 사람들 가슴에 조금이라도 희망의 씨앗이 되길 소망해 봅니다.

책에 실린 글은 평범한 일상의 이야기입니다. 그리고 '고도원의 독자가 쓰는 아침편지'와 '한국산문' 그리고 '경희해외동포문학상', '평화신문'에 실린 글들도 있음을 알려 드립니다.

마지막으로, 나의 까다로운 주문(order)에도 불구하고 항상 웃으며 사진을 찍으러 다니면서 위험도 무릅썼던 사진작가인 친구 sam에게 진심으로 고마움을 전합니다. "고마워! 친구야."

주님! 당신은 길이, 길이, 찬미영광 받으소서!

2014년 1월 26일

시미밸리에서 추은진

5

목 차

추억을 가슴에서 꺼낼 때
고추잠자리가 되고
단풍잎이 됩니다.
한편의 추억으로 따뜻해지는 날
당신은 내게 소중한 사람이
되는 것입니다.

〈추억〉

추억의 김치찌개

노랗게 물들어 있는 잎들을 나무가 후드득, 떨어트리고 있는 가을입니다. 이맘때면 가끔씩 내 가슴을 단풍잎처럼 노랗게 물들였던 일이 떠오르곤 합니다.

십구 년 전, 남편의 직장 때문에 우리 가족은 뉴욕 주에 있는 버펄로에서 삼 년 동안 살았습니다. 그곳은 오래된 건물이 많고 가을, 겨울이 사계절 중 길었습니다. 그날도 오늘처럼 노랗게 물든 단풍잎들이 햇살을 받아 찰랑찰랑 부서졌습니다.

나른한 오후에 남편과 나는 농구 게임을 보다가 싸움을 했습니다. 사소한 말다툼으로 큰 싸움을 한 것입니다. 우리 부부의 싸움 원인은 농구 게임을 하고 있는 선수를 응원하는 데서 부터였습니다. 그 당시 세계에서 농구 선수로 최고의 인기를 얻고 있던 마이클 조던이 뛰는 농구 게임을 보는 것은 나에게 있어서 일 년 중 가장 재미있는 시간이었습니다.

그날도 마이클 조던이 소속해 있는 시카고 팀을 내가 열렬히 응원을 하고 있었는데, 남편이 갑자기 마켓을 가자는 것이었습니다. 병원에서 대문을 열고 들어서는 남편의 얼굴에서 피곤한 기색이 역력

했지만 그 기운을 스쳐버린 나의 실수는 눈물의 시간을 만들어 버렸습니다. 나는 게임이 끝나면 마켓에 가자고 우기고 남편은 배고프니 볶아 먹을 고기를 사러 당장 가자고 우겼습니다.

농구 게임 보는 것에 푹 빠져 있을 때 누군가의 큰 소리 때문에 내 집중력이 떨어진다는 것을 그때만 해도 삼키지 못할 때라 나는 마구 소리를 지르며 남편에게 대들었습니다. 급기야는 한국에서 중매로 만난 나의 처녀 때 시절을 남편은 의심하기 시작했습니다.

저렇게 농구 선수들을 좋아하는데 처녀 때는 어떻게 지냈는지 알게 뭐냐고. 그가 뱉어낸 그 말에 기가 막혀 나는 대꾸도 하지 않고 텔레비전 소리를 더 크게 올려 버렸습니다. 나의 행동은 그야말로 불난 곳에 휘발유를 부어 버린 셈이 되었던 것이지요. 그랬더니 남편은 씩씩대며 달려와서는 텔레비전 스위치를 꺼 버렸고 그의 얼굴은 하얀 밀가루처럼 질려 있었습니다.

그러자마자 나와 남편은 굶주린 이리들처럼 치열하게 소리 지르며 싸웠고 급기야 나는 커다란 옷 가방을 끄집어내어 옷을 담기 시작했습니다. 그때 무슨 용기로 그랬을까요? 아이를 데리고 한국으로 가야겠다는 생각밖에는 아무 생각도 머릿속에 떠오르지 않았습니다. 중매로 만나 일주일 만에 약혼식을 올리게 된 콩 볶기 인연의 탓이었을까요? 앞뒤, 옆을 둘러보지도 않고 우리는 닭싸움을 그야말로 신랄하게 했습니다.

가운데서 한 살짜리 큰아이는 안절부절못하고 울면서 아빠한테 갔다가 엄마한테 갔다가 하기만 했습니다. 남편은 미처 내가 어루만져 주지 못한 병원에서의 스트레스를 나에게 풀어 놓았고, 나는 한국 사람들을 못 보고 하루 종일 아이와 좁은 아파트에서 지내면서 쌓인 스트레스를 여지없이 남편에게 쏟아냈습니다. 어린아이가 부모의 싸움에 얼마나 무서웠을까는 전혀 생각지도 않고서요.

얼마 동안 소리 내며 싸우다가 나는 방으로 들어갔습니다. 방에 가득 찬 침묵은 마침내 내 울음을 터트렸습니다. 한참을 울고 있어도 남편은 방에 들어와 보지도 않고 부엌에서는 가끔 달그락거리는 소리만 귓가에 들려왔습니다. 얼마나 지났을까요? 닫힌 문틈으로 솔솔 맛있는 냄새가 들어왔습니다. 유난히 민감한 내 코는 단번에 그 냄새가 김치찌개라는 걸 알았습니다.

분명 남편은 깊숙이 숨겨져 있던 돼지고기를 찾아서 찌개를 끓이고 있었던 것입니다. 문틈으로 들어오는 냄새에 내 배 속은 장단을 맞추며 꼬르륵, 꼬르륵 풍악을 울렸습니다. 울어도 들어와 보지 않은 남편이 야속하면서도 창밖에서 어스름이 번지는 동시에 내 목까지 치솟는 배고픔은 점점 참을 수가 없어져 갔습니다.

마침내 나는 방문을 열고 씩씩대며 부엌으로 갔습니다. 남편은 어린 아이를 안고서 커다란 김치찌개가 가득 담긴 커다란 냄비를 부엌 바닥에 두고 널브러져 앉아 먹고 있었습니다. 나는 눈물이 마르지 않은 퉁퉁 부은 눈을 옷소매로 훔치며 숟가락과 밥을 들고 냄비 앞에 앉았습니다. 그러고는 김이 모락모락 나는 흰 쌀밥에 찌개 국물과 두부 그리고 김치를 넣고 쓱쓱 비벼 먹었습니다. 돼지고기를 못 먹는 나였지만 찌개 국물과 김치, 두부는 아주 잘 먹었습니다. 남편은 그런 내가 우스웠나 봅니다. 나를 흘깃 쳐다보더니 "어때? 맛있지? 이래도 한국에 갈 거야?" 하며 손에 든 밥그릇과 숟가락을 바닥에 내려놓고 내 어깨를 꼭 안아주었습니다.

처음에는 오기로 김치찌개에 밥을 먹기 시작했는데 배가 점점 불러짐에 따라 남편에 대한 미움이 가시기 시작했습니다. 참으로 신기한 일이었습니다. 짐을 싸서 한국까지 가려고 했던 마음이 점점 사라져 버렸다니. 남편은 뜨거운 밥을 내 밥그릇에 더 담아 주었습니다. 한 그릇, 두 그릇을 비울 즈음에 나는 어느새 남편 얼굴을 똑바로 바라보고 있었고 아이도 엄마와 아빠가 같이 밥 먹는 분위기를 보며 안심을 했는지 싱글싱글 재롱을 피우고 있었습니다. 먼저 숟가락을 놓은 남편은 내가 깨끗이 비운 밥그릇을 가져다가 설거지까지 했습니다. 넓은 유리창 너머로 노란 단풍잎들이 창문을 가끔씩 툭툭 치며 날리고 있었습니다.

나는 이 세상에서 그렇게 맛있는 김치찌개는 그 뒤로 지금껏 먹어보질 못했습니다. 남편이 가끔씩 다시 한 번 김치찌개를 만들어보지만 그때의 그 맛은 나질 않습니다. 부부싸움은 칼로 물 베기라는 속담도 있듯이 남편의 김치찌개는 내 마음에 가득 찬 미움을 맛있는 사랑으로 바꿔놓았습니다. 그래서일까요? 해마다 가을날엔 남편이 만든 추억의 김치찌개가 은근히 먹고 싶어집니다.

따스함에 속아서

　자목련이 피었습니다. 이제 겨우 1월이 시작되었는데 자주 걷던 길에 자목련이 봄인 줄 알고 피어났습니다. 보는 순간 마음이 아팠습니다. 언제고 사나운 겨울바람이 다시 몰아치면 우수수 떨어져 버리고 말 것을 생각하니 가슴이 아팠던 것입니다.

　왜 이리 세상의 기후는 말썽을 피우는지 『꽃이 지고 나면 잎이 보이듯이』라는 이해인 시인의 책 제목을 '잎이 나야 꽃이 필 것인데' 라고 말하고 싶습니다. 사방의 나무들이 어찌 할 바를 모르다가 엉거주춤하면서 칙칙한 잎을 틔우고 있고 벚꽃나무는 잎도 없는 꽃을 먼저 피우고 있습니다.

　천지가 몸살을 앓고 있는 것입니다. 꽃이 피었는데도 예쁜 색깔이 아니라 칙칙한 흰빛과 거무튀튀한 자줏빛입니다. 잿빛 하늘 언저리에 숨어 있는 추운 기운이 다시 찾아와 천지만물이 제자리로 돌아가면 좋겠습니다. 그래야 나무와 꽃들도 3월의 맑은 기운으로 눈부신 색깔의 꽃과 잎을 틔울 테니 말입니다.

　지난해만 하더라도 캘리포니아의 겨울은 혹독하게 낮은 기온과 억수로 쏟아지는 빗줄기로 세상이 촉촉하게 젖어 있었는데 올해는 그렇지가 않습니다. 기온은 올라가 후덥지근하고 마른바람만 한 달 가까이 계속 불어대고 있습니다. 그래서인지 사람들 마음도, 경제도 뒤죽박죽입니다. 이 동네 저 동네에는 빈집들이 늘어만 가고 거리 여기저기에는 멀쑥한 노숙자들이 손을 내밀고 있습니다. 간혹 아이들까지 길거리로 나와서 지나가는 자동차들에게 손을 내밀고 있는 광경을 쉽게 볼 수 있습니다.

이틀 전에는 드디어 하늘이 금방이라도 빗방울을 후드득, 떨어트릴 것만 같더니 또 밤사이에 바람이 먹구름들을 어디론가 데려가 버렸습니다. 이 년 전에도 물 부족난을 겪었던 캘리포니아가 올해도 물을 아껴 쓰라고 야단이겠구나, 혼자 중얼거리며 있는데 때를 모르고 피어난 자목련 꽃을 보니 하늘이 야속하기까지 했습니다.

물 부족난을 겪으며 물의 소중함을 절실히 느꼈던 이 년 전. 그때는 집 앞과 뒤뜰 잔디에 물을 주는 것을 금지시켰고, 그즈음에 유행했던 인조 잔디를 지금도 간간이 길을 걷다 보면 볼 수 있습니다. 우리 집 앞 뒤 잔디도 일주일에 두 번 주는 감질난 물로 생명을 연명하며 더위를 견디기에 턱없이 부족한 나머지 군데군데 많이 죽어 나갔습니다.

하늘 높은 줄 모르고 치솟는 물 값 때문에도 그랬지만 물 부족으로 다른 주에서까지 물을 조달받는다는 뉴스를 보니 심각한 현실이 안타까웠습니다. 집 안에서 쓰는 모든 물을 여지없이 아껴 쓰기에 바빴던 시절을 또 겪는 것이 아닐까 하는 걱정이 은근히 드는 요즘입니다.

아이들에게 단호하게 일렀습니다. 먹는 물을 반 컵으로 줄이고 얼음을 아낄 것이며 샤워는 될 수 있는 한 빨리 끝내라고요. 우선 나부터서 설거지할 때 물을 최대한으로 아끼기로 했습니다. 손놀림을 빨리 놀리는 동시에 물을 조금씩 틀어 후다닥 끝내는 것입니다. 그리고 남편에게도 잠잘 때 머리맡에 떠놓는 물을 반 컵으로 줄이게 했고 뜰에 주는 물 횟수도 이 주일에 한 번으로 줄여 놓았습니다.

뒤뜰에 사는 강아지들은 아무것도 모른 채 좋아합니다. 비바람이 치지 않고 따뜻한 기온이 좋은지 펄쩍펄쩍 뛰어다닙니다. 하지만 내 마음은 하루라도 빨리 굵은 빗방울이 툭툭 떨어지기를 기다립니다. 이상 기온으로 사람들은 이곳에 지진이 올 것이라며 수군거리고 불안해하기까지 하고 있습니다.

나는 자목련을 참 좋아합니다. 하지만 겨울 속 자목련은 솔직히 반갑지가 않고 근심거리입니다. 사람들은 사람들대로, 경제는 경제대로, 계절은 계절대로 제자리로 돌아가길 간절히 소망해 봅니다.

황량한 바위산에서도
꽃은 피어납니다.
바위들은 그 꽃을 바라보며
무던 마음에 사랑을 심을까요?
〈바위산〉

금혼식

오늘은 시부모님의 금혼식을 하는 날입니다. 아침 일찍부터 어머님을 가꾸어주기 위한 발걸음들이 바쁩니다. 하늘도 두 분을 축하하기라도 하듯 맑고 빛이 더욱더 푸릅니다.

금혼식은 19세기 영국에서부터 시작되었으며, 혼인한 지 50주년이 되는 날을 기념하고 축하하는 예식이라고 합니다. 결혼한 지 50년 동안 부부가 함께할 수 있다는 것은 축복 중에 커다란 축복임은 분명합니다. 얼마나 귀하면 금혼이라고 했을까요? 그 옛날이나 지금이나 금혼식까지 함께 가는 부부는 그리 많지 않을 것입니다.

그 옛날 결혼식을 하면서 웨딩드레스를 입어보지 못했다고 하소연하시던 어머님을 기쁘게 해 드리기 위한 계획은 형제들 사이에 진행이 되었고, 그 결과 드디어 오늘 두 분은 다시 사랑의 식을 거행하는 것입니다. 머리에 왕관과 베일까지 쓰신 어머님은 마치 어느 나라 여왕처럼 우아하고 섹시하고 귀여우십니다. 숨이 막힐 정도로 꼭 끼는 코르셋을 입으시고도 힘들어하시기보다는 연신 기쁨의 미소를 짓는 어머님의 모습은 마치 여린 새 신부 같기도 하십니다.

딸들과 며느리들이 어머님을 꾸미고 있는 동안 남편을 비롯한 형제들은 아버님을 챙겨 드렸습니다. 일찍부터 우리들도 모두 깔끔한 옷차림으로 갈아입고 금혼식을 주례해 줄 목사님을 기다렸습니다. 아이들도 할아버지와 할머니가 턱시도를 입고 웨딩드레스를 입은 모습이 좋게 보였던지 박수를 치고 사진기를 누르기 시작했습니다.

드디어 은퇴하신 미국 목사님이 오셨고 금혼식이 시작되었습니다. 영어를 잘 못 알아들으시는 두 분을 위해 남편은 큰아들 입장에서 목사님 옆에 서서 번역을 짧게, 짧게 했습니다. 어느 순간부터 어머님의 훌쩍임과 동시에 주위는 점점 고요해져 갔습니다. 그리고 곧바로 아버님께서 떨리는 목소리로 속주머니에서 꺼낸 편지를 읽어 내려가는 순간, 어머님은 울음을 터트리셨고 아버님도 옷소매로 눈가를 닦으셨습니다.

오십을 바라보는 자식들과 어린 손자들 앞에서도 늙음을 부끄러워하지 않고 그동안 한국과 미국을 오가며 함께했던 인생 여정을 글로 써서 어머님에게 바칠 줄 아는 아버님의 마음을 듣고 있을 때 그 누군들 감동받지 않겠습니까? 하늘과 호수와 바람과 햇살마저도 모두가 숙연해졌습니다.

두 분은 제 인생의 선배님들입니다. 살아온 세월을 돌아보면서 서로에게 식지 않은 사랑을 오래도록 간직할 수 있었던 것은 아마도 서로에 대한 배려와 존중하는 마음이 있었음이 아닐까 생각해 봅니다. 아버님의 편지는 그날 뒤로 거실 액자에 넣어져 보관되어 있습니다. 어머님은 매일매일 아버님의 마음을 읽으면서 하루를 시작하지 않으실까요? 가끔 두 분께서 서로에 대한 섭섭함이 밀려와 미움이 생겨날 때 그 편지는 다시 화해하고 평화를 찾을 수 있는 명약이 될 것입니다.

요즘은 금혼식을 하는 노부부가 많은 것이 사실입니다. 그만큼 사람들이 건강해졌다는 의미도 될 것입니다. 요즘은 웬만한 암까지도 치료가 되는 세상이니까요. 병으로 일찍 사별하는 부부가 많지 않은 것입니다. 우리는 이미 백세 시대에 살고 있으니까요.

조선 중기 때 일찍 저세상으로 가버린 남편에게 편지를 쓴 이웅태 공의 부인의 편지가 몇백 년이 지난 지금에서야 무덤에서 발견되어 사람들의 가슴을 잔잔하게 울리듯 아버님이 어머님께 쓰신 편지도 오래도록 자식들의 가슴에서도 새겨져 있을 것입니다.

"여기가 어디인지? 쉬지 않고 정신없이 걷다가 뒤를 돌아다보니 우리가 처음 험한 길을 헤치며 시작했던 길이 저 아래 아득히 보이네. 우리가 앞만 보고 달리던 목적지가 어디인지? 얼마를 더 가야 할까? 이제 그만 쉬었다 갑시다. 당신, 그간에 얻은 무수한 상처 치유하며 갑시다."

-아버님의 금혼식 때 편지 중에서-

당신 안에서
손이 손을 잡을 때
세상의 높은 벽은
결국 허물어지고 맙니다.
<손과 손>

아침 사색

어둠이 길어졌습니다. 아침 6시 30분, 알람시계가 울어대도 창밖은 어둠이 그대로입니다. 일주일 전까지만 하더라도 창밖이 훤하게 밝아 있었는데 밤과 낮의 길이가 어느새 바뀐 것입니다.

맘 잡고 집을 빠져 나와 강아지 애니와 걸었습니다. 길가의 키 낮은 나무들은 울긋불긋한 가을의 모자를 수줍게 쓰고 있습니다. 캘리포니아의 후덕한 기후 덕분에 이름도 알지 못한 꽃들이 늦가을에까지 피었다 지고 또 피었다 지는 이 길. 맞은편에서 달리기를 하는 백인 남자가 헉헉대며 으슥한 산길로 접어 들어가고 있습니다.

그 뒤로 가로등 머리에 앉았던 까마귀 네 마리가 따라갑니다. 소심한 내 마음에 은근한 걱정을 뿌리고 시야에서 사라져 가는 남자. 저러다가 코요테들이라도 만나면 어쩌려고? 마운틴캣이라도 만나면 어쩌려고 맨몸으로 저 길을 달려가고 있을까? 그 생각도 잠시 나는 다시 내리막길을 애니가 잡아끄는 힘에 이끌려 어슷어슷 내려갔습니다.

우리 마을은 11년 전에 돌산을 깎아 만들어졌습니다. 처음 이사를 왔을 당시 벌건 대낮에도 집 앞을 어슬렁거리며 다니는 코요테를 볼 수 있었습니다. 비가 쏟아지는 날, 삼나무 옆 담장에 앉아 비를 철철 맞고 있던 코요테도 잊을 수가 없습니다. 코요테들의 삶의 터전을 불도저로 밀어버리고 집을 짓은 죄를 묻기라도 하는 것처럼 코요테들은 아이들도 물고 강아지들을 많이 잡아 가곤 했습니다. 많은 코요테들이 자동차에 치여 죽어갔고 요즘은 거리에서 죽어 있는 코요테들을 보지 않아서 다행입니다. 아마도 그들은 인간들을 피해서 어디론가 돌산 깊은 곳으로 터전을 옮겼을 것입니다.

그래도 아직까지 동네를 걷는 사람들은 코요테의 공격을 대비해서 몽둥이며 스프레이 약을 가지고 다닙니다. 너무 이른 아침이라 한 손에 몇 년 전 골프 연습하려다가 창고에 모셔 둔 골프채가 들려져 있는 내가 조금은 부끄러웠지만 낮에도 가끔씩 동네 거리를 활보하고 다니는 코요테들이 애니와 나에게 덤빌까 봐 겁이 났던 것입니다. 애니는 걸으면서 이름 모를 꽃에다가도 입을 맞춰 보고 로즈메리 꽃으로 뛰어가 뒹굴기도 하며 주인인 나를 두고 저만치 달려가 기다립니다. 저를 지켜 줄 주인이 있다는 것에 안심을 하는 몸짓입니다.

자신을 지켜줄 누군가가 있다는 것을 알고 산다는 것은 얼마나 든든한 일인지 모릅니다. 아이는 아빠와 엄마가 자기를 지켜줄 것이라고 굳게 믿습니다. 그래서 한 걸음 내딛을 용기를 갖는 것이고 세상이라는 바다에 뛰어들 힘을 갖는 것일 겁니다. 반면에 또 부모도 아이가 자기들을 믿고 있다는 것에 실망시키지 않게 하려고 더 아이에게 믿음직한 벽이 되어 주고 개울을 건널 수 있게 디딤돌이 되어 주려고 노력할 것입니다.

부부간에도 그렇습니다. 가끔 서로가 가슴을 할퀴며 싸움을 하더라도 다시 돌아서 보면 늘 그 자리를 지키고 있을 것이라는 믿음이 있기 때문에 세상을 살아갈 용기의 싹이 트이는 것이겠지요.

친구지간에도 그렇습니다. 믿을 때 커다란 힘을 줍니다. 누군가가 내게 믿는다고 말할 때 나는 그의 믿음을 깨버리지 않으려고 노력합니다. 그런 가운데 우정이 돈독하게 되는 것이겠지요. 내게도 나를 믿으며 따랐던 개가 있었습니다. 잠시 엄마와 떨어져 살아야 했던 어린 시절에 엄마를 그리며 울던 내게 다가와 얼굴에 흐르는 눈물을 핥아주던 몽실이가 지금도 그리운 것은 외로움과 그리움에 사무친 어린 내가 몽실이를 믿고 의지했기 때문일 것입니다.

믿음은 어둠을 물리칠 수 있는 힘이고 불안전한 미래의 길을 보여주는 등불입니다. 믿음의 세상을 원한다면 나 자신부터 얼마만큼 타인에게 믿음을 주고 사는가를 성찰해야 할 것입니다. 믿음은 일방통행이 아니니까요.

당신을 믿을 때
나를 진정으로 세상에
내 놓을 수 있습니다.
깨진 마음자락,
밟힌 마음자락,
당신을 믿을 때
깨끗이 나을 수 있습니다.
〈믿음이 있을 때〉

추수감사절 사고

추수감사절 전날이었습니다. 새벽부터 뉴욕에 사는 동생이 다급하게 내게 전화를 했습니다. 자다가 말고 나는 벌떡 일어나 무슨 일이냐고 다그치듯 물었습니다. 사건인즉, 팔순이 넘으신 어머니가 목욕탕에 가셨다가 쓰러졌는데 머리에서 피가 많이 나는 바람에 911 응급차에 실려 병원에 가셨다는 것입니다. 또 그놈의 목욕탕이구나! 지난날을 돌이켜 볼 겨를도 없이 나는 무조건 병원을 향해 달려갔습니다.

핏기 없는 모습으로 어머니는 중환자실에 누워 계셨습니다. 곁에는 아무도 없었습니다. 언니와 형부도 바빠서 어머니 곁을 지키지 못하고 있었습니다. 두 눈을 무겁게 감고 있는 어머니가 왜 그렇게 초라하게 보였는지 울컥, 솟구치는 눈물을 옷소매로 훔치며 링거 바늘이 꼽혀 있는 차가운 손을 꼭 잡았습니다. 그때야 눈을 힘들게 뜨신 어머니는 나를 알아보시고 "왔니? 우리 딸" 하며 미소를 지으려 애를 쓰셨습니다.

내 목소리는 그때부터 커지기 시작했습니다. "아니, 엄마는 왜 그 연세에 목욕은 가셔가지고……." 계속 목청을 높이면서 어머니의 형클어진 머리를 가만히 쓰다듬다가 흰 베갯잇에 묻은 피를 발견했습니다. 새빨간 피가 제법 많이 묻어 있었습니다. 순간 나는 높였던 목소리를 죽였습니다. 얼마나 아팠을까? 노인네……. 그러면서도 가슴이 아픈 모습을 보여드리기 싫어서 나는 어머니의 사막처럼 바짝 마른 입술에 물수건을 갖다 대면서 구시렁구시렁 잔소리를 또 해댔습니다.

영어 배우는 학교에서 만나 자매의 연을 맺은 아주머니가 같이 목욕이나 가자는 말에 얼른 따라나섰다가 일을 당하셨다는 어머니. 팔순이 넘은 것을 순간 잊어버리시고 소금 찜질방에 들어가시다니. "나 때문에 미안하다. 이 멀리까지 올 때 얼마나 놀랐더냐?" 하며 어머니는 마른 입술을 간신히 떼며 내 걱정을 하셨습니다.

몇 년 전, 한국에서 어머니가 목욕탕에 가셨다가 미끄러져 허리 수술을 하셨던 일이 떠올랐습니다. "엄마, 엄마는 목욕탕하고 연대가 안 맞나 보네요. 그놈의 목욕탕, 다시는 가지 마세요." 어머니는 초점 흐린 눈빛으로 나를 멀겋게 바라보셨습니다. "니가 둘, 셋으로 보인다." 유난히 파리해진 팔을 겨우 가슴께로 흔드시며 어머닌 자꾸만 나를 또렷이 보려고 정신을 모으고 있었습니다. "당연하지 엄마, 머리를 박았는데 한참 어질어질할 거예요." 어머니가 허공에 대고 흔드는 손을 가만히 잡아 보았습니다. 뼈만 잡히는 앙상한 손. 목구멍에서 뜨거운 무엇이 불쑥 올라오는 걸 꾹 누르면서 나는 말했습니다. "엄마, 천만다행이라 여기세요. 그래도 머리가 터져서 피가 밖으로 흘러버렸으니까 엄마가 사신 거예요. 안 그랬으면……." "그러게 말이다. 하느님이 지켜 주신 것 같다. 이만하길 천만다행이지 암만,"

어머니가 정신줄을 놓지 않고 계신다는 생각에 안도의 숨을 쉬었습니다. 베개에 홍건하게 묻어 있는 어머니의 검붉은 피를 보면서 왜 그렇게 가슴이 아팠을까요? 평상시에 아이들이 다쳐도 울지를 않는 내가 어머니의 머리에서 흘러나온 피를 보고는 가슴이 먹먹해지고 눈물이 고이는데 참느라고 혼났습니다.

싸들고 간 쌀죽을 열어젖히고 틀니를 뺀 엄마 입에 넣어 보려고도 하는데 헛기침은 왜 또 그렇게 자주 나오는지. 좌불안석의 내 모습을 보고 어머니는 조용하게 내 손을 잡았습니다. "우리 딸 못 보고 가는 줄 알았다." 그때부터 난 괜히 어머니를 타박했습니다. 왜 목욕탕에 가셨느냐고 되풀이하며 슬쩍 어머니의 쭈글쭈글한 손을 잡고 내 가슴에 댔습니다. 중환자실에 왔을 때 처음으로 내가 어머니의 손을 잡았을 때의 차가웠던 손과는 달리 이상하게도 손은 팔팔한 내 손보다 더 따뜻했고 부드러웠습니다.

어쩌자고 이 머나먼 이국땅까지 오셔서 이런 아픔을 또 겪으시는 건지……. 몇 년 전 한국에서 일어난 목욕탕 사건이 떠오르면서 눈을 감은 엄마의 흐트러진 머리를 곱게 옆으로 넘겼습니다. 그러자 아버지가 조카와 함께 달려 오셨습니다. 아버지의 안색은 창백했습니다. 이대로 어머니가 당신 곁을 떠나기라도 하면 어쩌나, 하는 두려움이 역력하게 보였습니다. 어머니는 아버지를 보자마자 굳어 있던 얼굴이 환해지기 시작했고 그때부터 아버지와 도란도란 이야기를 하셨고 또 끓여간 죽을 아버지와 나눠 드시기까지 했습니다.

그토록 싸우시더니 그래도 인생의 황혼 길에 서니까 저렇게 두 분밖에 모르시는구나, 생각하니 또 한 차례 가슴이 뭉클해졌습니다.

죽을 다 드신 아버지는 그때부터 어머니에게 짜증 아닌 짜증을 내셨습니다. "왜 내 말 안 듣고 나가서는 이 꼴이 뭐냐고." 아버지의 짜증에 어머니는 대답 대신 눈을 감아 버리셨습니다. 아마도 어머닌 아버지가 오셔서 마음이 놓이셨던 것 같습니다.

"내가 니 엄마 수발을 들 테니까 너는 이제 집에 가 보거라. 운전 조심하고……" 아버지의 듬직한 말을 듣고 중환자실을 나오는데 발걸음이 가벼워졌습니다. 거동이 불편한 아버지지만 어머니 곁에 아버지가 계신다는 안도감 때문인지 내 입가엔 미소가 번졌습니다.

데스카는 이렇게 서술했습니다. "어머니는 우리가 기댈 사람이 아니라 어디에 기댄다는 것 그 자체가 필요 없도록 해 주는 사람이다." 그래서 사람들은 어머니를 보면 고향이 떠오르고 고향에 가면 어머니가 그리운 것인가 봅니다. 병원 문을 열고 나오면서 어머니가 퇴원해서 계실 내일을 그려보았습니다. 좀 더 잘해드려야겠습니다. 어머니가 생전에 계신다는 것만으로도 감사할 일이니까요.

어. 머. 니.
당신의 땅에
씨앗을 심습니다.
〈어머니〉

섬사람들

일 년 전, 나와 남편은 보라보라 섬으로 여행을 떠났습니다. 그 섬은 태평양에 있는 타히티 섬의 북서쪽 약 240km 떨어진 지점에 위치하고 있으며, 태평양을 건너오는 무역풍 덕택으로 끈적거림이 없고 쾌적하고 상쾌한 기후를 지니고 있습니다.

보라보라 섬에 약 5,767명 정도의 사람들이 살고 있다니 얼마나 작은 섬입니까? 그리고 그 섬을 산호 목걸이의 모양의 작은 섬들이 에워싸고 있답니다. 태평양의 진주라는 별칭으로도 불릴 만큼 아름다운 섬이라는 찬사에 손색이 없는 섬입니다. 사람들에게 파손되지 않은 자연이 작은 섬에 가득 있어 사람들에게 가고 싶은 섬 1위로 꼽히는지 모릅니다.

그곳에서 만난 구릿빛 원주민들과 옥빛 바다, 그리고 건드리지 않으면 순한 물고기에 불과한 여러 종류의 상어들, 그들 틈에서 열흘을 보내고 돌아오는 길에 내 마음이 살짝 그들에게 물들었음을 발견했습니다. 하나밖에 없는 우뚝 솟은 산을 빙 둘러싸고 살아가고 있는 순하디순한 원주민들의 눈빛과 미소에는 쓰나미가 금방 몰려와서 섬을 삼켜 버린다 해도 겁내 하지 않은 여유가 담겨 있습니다.

넘쳐서 속이 허한 육지의 사람들과는 달리 하루에 한 번 바다에 나가 낚시와 창살로 잡은 해물과 물고기를 먹고 산다는 욕심 없는 섬사람들. 그래도 그들은 조상들의 묘는 중히 여겨 꼭 앞마당에 묻어 놓고 매일매일 무속의 표양을 걸어두고 바람을 빌며 영혼들과 함께 산다는 뜻을 가슴에 새긴답니다.

그들은 지혜롭습니다. 비록 중학교 졸업이 최고의 학력으로 치는 그곳 부모들과 아이들의 눈빛에는 경쟁에 지친 모습이 없습니다. 하지만 뭔지 모를 강함이 서려 있습니다. 폭풍 앞에서도 주저앉지 않을 것 같은 강함이랄까요? 물질의 욕심도, 경쟁의 시샘도 없는 섬에서 사는 원주민들처럼 육지의 사람들도 그렇게 살 수만 있다면 얼마나 좋은 세상이 될까요? 적당한 경쟁과 시샘은 발전의 원동력이 될 수도 있습니다. 하지만 서로 너무 심하게 경쟁하는 데에서 미움이 생기고 원수가 생기고 서로의 가슴에 총부리를 겨누게 되는 것입니다.

아이 때부터 상어들과 친구 하는 법을 익힌다는 섬 아이가 떠오릅니다. 그 아이가 커서 그 섬을 지킬 것입니다. 또 그 아이의 아이가 커서 그 섬을 지킬 것이고요. 자연을 훼손시키면서까지 빌딩을 세우며 문명의 토대로 만들어 놓고 난 뒤에야 자연을 지키자는 캠페인을 하자며 뒤늦은 후회를 하는 육지의 사람들에 비해 섬의 원주민들은 자연을 훼손시킬 생각조차도 하지 않습니다. 나는 그들의 모습에서 자연에 대한 경외심을 보았습니다.

육지에 사는 우리들도 조금만 경쟁하면 안 될까요? 또 조금만 시샘하면 안 될까요? 무엇이건 간에 너무 넘칠 때 양심에 어긋나는 일을 저지르게 되기가 쉽다는 걸 잊지 말고 나부터서 기도해야 하겠습니다. 멈출 수 있을 때 멈출 줄 아는 지혜를 주시라고요.

섬을 만나고 돌아오면
삶의 무게가 조금은 가벼워집니다.
한 뼘의 꿈을 꾸는 섬이
무한한 꿈을 갖고 살아가는 나를
부끄럽게 만듭니다.

〈섬과 나〉

늦가을 바람

간밤에 불었던 바람으로 옆집 야자수가 꺾였습니다. 그야말로 광풍이 훑고 간 아침은 처참합니다. 한참 키가 커가고 덩치도 제법 어른스러워져 가던 야자수가 뿌리까지 드러낸 채 쓰러져 있다니 기가 막힐 일입니다. 내가 사는 마을 이름은 simi valley입니다. 이는 '바람의 마을'이란 뜻이랍니다. 이곳은 그 옛날 인디언들이 살던 마을이었고 마치 옴폭한 둥지처럼 마을 둘레가 돌산으로 둘러 싸여 있습니다. 그래서인지 매년 겨울과 봄이 다가올 땐 몇 차례 광풍이 불어 닥칩니다.

이런 날 자동차 문을 열다가 내 몸이 몇 걸음 뒤로 날려간 기억이 있는지라 집 안에서 꼼짝하기도 싫습니다. 어디 그뿐입니까? 돌산에서 여름 내내 말라죽은 덤불들이 바람의 세력을 타고 길가에 굴러 다니기도 합니다. 그 덤불들이 잘못 굴러서 달리는 자동차 밑으로 들어가면 위험하답니다. 불이 날 염려가 다분히 있다는 것이지요. 실제로 길가에서 불타는 자동차를 간혹 본 적도 있습니다.

봄바람은 사람들 가슴에 따스한 씨앗을 심을 용기를 주지만 늦가을 광풍은 사람들 마음을 외롭게 하는 것 같습니다. 낙엽이 뒹구는 이맘 때 사람들은 서로의 가슴이 비워져 가고 있음을 발견합니다. 옛날 할머니는 바람 부는 날을 두고 이렇게 말씀하셨습니다. "쓸모 없는 바람은 없느니라."라고요.

그때는 그런 말을 이해하지 못했지만 살면서 할머니의 그 말이 귀에 자꾸만 다가옵니다. 바람이 저토록 강하게 불어야 나무에서 떨어지는 낙엽을 깨끗이 쓸어갈 것이니까요. 그리고 또 사람들 마음에 있는 찌꺼기들도 말끔히 쓸어갈 테니까요. 아무리 광풍이라고 하더라도 제 일의 몫을 하고 있다는 것입니다.

나는 광풍 같은 신앙의 바람을 맞아 본 적이 있습니다. 얼마 전에 내게 다른 사람과 이간질을 하고서 연락을 끊은 이를 잠을 못 자며 미워한 적이 있습니다. 그때는 그 사람을 위해 기도하라는 주위의 권유가 야속하기만 했습니다. 내가 왜 그를 위해 기도를 하느냐고, 나에게 지울 수 없는 상처를 남기고 간 그 사람을 어떻게 용서하라고 하느냐고, 나는 신이 아니라며 대들었습니다.

그런데 어느 날 미사 시간에 지워지는 신비를 체험했습니다. 루가복음 19장 1절 말씀에 키 작은 자캐오 이야기가 나옵니다. 그 당시 자캐오는 세관장이었으며 가난한 사람들에게 돈을 횡령하여 부자로 살고 있었습니다. 어느 날 예수님의 행렬이 마을을 지나갈 때 자캐오는 예수님을 보려고 힘껏 달려가 돌무화과 나무에 올라갔습니다.

그때 예수님은 그의 그런 행동이 기특하셨을까요? 나무 위에 있는 자캐오에게 그의 집에서 하룻밤을 묵어 갈 것이라고 말하셨습니다. 그런 광경을 보고 군중은 수군댔습니다. 죄인의 집에 묵으실 것

34

이라고 하신 예수님을 좋지 않은 눈으로 보았던 것입니다. 그러나 자캐오는 자기가 가진 재산을 가난한 이들에게 나누어 주고 다른 사람 것을 횡령했다면 네 곱절로 갚겠다고 예수님께 말했습니다. 그렇게 말한 그를 보고 예수님은 이렇게 말씀하셨습니다. "오늘 이 집에 구원이 내렸다. 이 사람도 아브라함의 자손이기 때문이다. 사람의 아들은 잃은 이들을 찾아 구원하러 왔다."라고요. 그런데 이 말씀 중에 "이 사람도 아브라함의 자손이기 때문이다."라는 구절이 가슴에 박혔습니다. 순간, 숨이 멈추었고 머리는 뭔가에 얻어맞은 듯 멍했으며 눈앞은 하얗기만 했습니다.

미사가 끝나고 그날부터 지금까지 그 사람이 가슴에 남겨 놓은 마당바위 같은 미움이 말끔히 사라졌습니다. 아직도 그 사람에 대한 화의 찌꺼기는 남아 있습니다만 그전처럼 부글부글 끓지는 않습니다. 내 안에 몰아쳐 온 신앙의 바람은 그렇게 나를 다시 세상을 맑게 보며 살게 해 주었습니다.

바람은 아직도 벌건 대낮을 쓸고 있습니다. 지치지도 않은 듯이 세차게 창문과 나무들을 흔들고 있습니다. 길가에 나가면 아마도 나무들이 옷을 많이 벗고 있을 것입니다. 나도 내 안에 부는 바람에게 나의 잘못을 맡겨야겠습니다. 내일은 오늘보다 더 밝은 날이 되게 하기 위해서입니다.

바람이 붑니다.
훈훈한 바람이
얼었던 가슴을 녹이고
있습니다.

〈바람〉

아줌마

"왜 아줌마로 불리기를 좋아하세요?" 주위 사람들은 내게 묻습니다. "그냥 좋아서요." 내 대답은 늘 이렇습니다. 첫 만남에서 사람들은 나를 어찌 호칭해야 할지 몰라 합니다. 그럴 때마다 "그냥 아줌마라고 부르세요."라고 말합니다. 그러면 나를 신기하다는 눈빛으로 바라보면서 왜 아줌마로 불리는 것이 좋으냐고 묻습니다. 그래도 내 대답은 씨익, 웃는 것이 고작입니다.

언제부터였을까요? 기억을 되돌려 보면 이십대부터 나는 일부러 조카들을 데리고 다니며 아줌마 소리를 듣기 좋아했었던 것 같습니다. 버스를 타도, 택시를 타도, 놀이공원엘 가도 아이들을 데리고 다니니까 다들 아줌마라고 말했습니다. 물론 몸뻬 바지를 즐겨 입고 다닌 탓도 있을 것입니다. 택시를 탔을 때 운전기사가 "아줌마 어디까지 가세요?"라고 물어 보는 말이 왜 그리 정답게 느껴졌는지 그때 아줌마란 호칭에 푹 빠진 나는 결혼해서 미국으로 왔어도 아줌마라고 사람들로부터 불리는 것이 좋았습니다.

어떤 이들은 아줌마라고 말하는 자체를 싫어합니다. 왜 그럴까요? 결혼을 하면 미국에서도 '미세스(Mrs)'로 불리는 건 싫어하지 않으면서 왜 한국말 호칭인 아줌마로 불리는 걸 싫어할까요? "내가 어딜 봐서 아줌마예요?" 하며 눈을 치켜 올리는 아줌마들. 나는 그런 모습들을 종종 보면서 웃어버리곤 합니다. 아줌마! 아줌마! 자꾸 입 밖으로 불러보면 정이 새록새록 솟아나는데 왜 아줌마라는 호칭을 입에 담지 않으려고 하는 걸까요?

아줌마의 사전적 의미는 "아주머니를 홑 일컫는 말, 또는 아주머니를 친숙하게 부르는 호칭"으로 되어 있습니다. 아가씨에서 자연스럽게 아줌마로 넘어가는 것이 인생의 순리라면 순리인데 아줌마를 거부하는 사람들은 영원히 아가씨, 혹은 언니로 불림을 받길 원하는 걸까요? 한국 음식점에서 일하는 사람에게 아줌마라고 부르면 인상부터 대단히 불쾌하게 쓰는 걸 볼 수 있습니다. "그냥 언니, 이모라고 부르세요." 쌀쌀맞게 가르치듯 말하고는 쌩 하니 가버리는 사람들이 점점 늘고 있습니다.

아줌마란 호칭답게 겁이 없다는 걸 깨달은 마흔 고개. 세상에 무서울 것 없고 덤을 잘 주고, 이해관계를 계산하지 않고, 무엇보다 밤길까지도 겁내 하지 않는 것이 아줌마가 지닌 매력이 아닐까 합니다. 그리고 아줌마답게 팔뚝도 굵어지며 마음도 넉넉해집니다. 어느새 내게 이름처럼 편해지고 새겨져 버린 아줌마란 호칭. 한국 가수 태진아 씨가 '아줌마'라는 노래로 히트를 쳤을 당시 먼 이국땅인 미국에서도 나는 그 노래를 즐겨 불렀습니다.

나는 여전히 아줌마로 살아갑니다. 그리고 앞으로도 아줌마로 살아갈 것입니다. 그것은 겸손도 아니고 교만도 아니고 그저 아줌마란 호칭이 정다워서입니다. 친구들이 내게 은진아, 라고 부르면 어색

하고 쑥스럽습니다. 아줌마가 편한 옷을 입은 것처럼 내게는 더없이 편하고 정겨운 불림입니다.

아줌마들이 없는 세상은 소금 빠진 국과 같기도 하고 보석 빠진 반지 같기도 합니다. 세상의 빛이 아가씨들인 것처럼 눈부시다고 말하는 사람들이 있지만 사실은 세상의 빛은 아줌마, 나와 당신들입니다. 나 나름대로 아줌마 삼행시를 지어 봅니다.

아: 아주 많이많이
줌: 줌으로써 행복해 하는
마: 마음

넓은 마음 밭에
꽃을 심어 놓고
당신을 기다립니다.
어서 오시어요.

〈마음 밭〉

쏘나우와 바위산

살다가 문득 머리에 든 것을 버리고 싶을 때가 있습니다. 매일 쓰던 일기장에 여백이 없어지고 옷장에 옷가지가 유행에 둔해지고 냉장고에 빈자리가 없다고 느껴질 때 나는 깨닫습니다. 한차례 비울 때가 온 것임을요.

104도를 넘어서는 칠월, 미국의 독립기념일 연휴 주말. 우리 식구는 자이언트 캐니언을 향해 집을 나섰습니다. 유타 주에 있는 자이언트 캐니언은 우뚝 솟아 오른 바위산으로 유명합니다. 여름엔 종종 100도가 넘는 곳이기도 하지만 사람들은 한 번쯤 그 폭염 속에서도 그곳의 하이킹을 즐깁니다. 신의 정원이라고 불리는 만큼 캐니언의 사이사이는 웅장함과 신비스러움으로 가득 차 있습니다.

자시와 나무들이 정승처럼 서 있는 모하비 사막을 지나 제법 잘 닦여진 아스팔트길을 달리면서 길가에 바짝 마른 크레오소 덤불들이 눈에 띄었습니다. 더위에 죽은 것처럼 보이지만 그것들은 죽은 척을 할 뿐입니다. 저렇게 누런 모습으로 뜨거운 여름을 죽은 듯이 지내다가 겨울만 되면 죽은 것 같았던 누런 뿌리 부분에서 초록의 잎들이 스멀스멀 자라납니다. 그래서 초록의 겨울을 살다가 또 여름이면 누렇게 죽은 듯이 지냅니다. 이처럼 덤불들도 제자리에 기지 개를 필 때 피어나고 잠잘 때 잠듭니다. 다만, 겨울에 생명력을 보이고 여름에 생명력을 숨기는 것이 동물들과는 다르지만요.

자동차로 한참을 달리다가 드디어 자이언트 캐니언 입구로 들어 섰습니다. 범상치 않은 산맥들이 보입니다. 우우죽순으로 치켜 올라가 있는 바위들이 한 폭의 병풍 같습니다. 우리는 앞서간 사람들의 발자국을 따라 터벅터벅 걸어 다녔습니다. 가지고 간 물병의 물을 아무리 마셔도 금방 땀으로 목욕을 한 것처럼의 더위는 머리를 누르고 온몸이 주저앉을 지경까지 힘들게 했습니다.

그런데 더위를 식히려고 의자에 앉아 높은 바위 절벽을 바라보는데 참으로 신기한 모습이 눈에 들어 왔습니다. 바위 절벽 위에서 소나무 한 그루가 홀로 살고 있는 것입니다. 마치 도를 닦는 선사처럼 늠름하게 곧게 뻗어 있습니다. 소나무의 뿌리가 바위를 뚫을 때 고통이 컸듯이 바위산도 뿌리가 자신을 뚫을 때 이루 말할 수 없는 고통이 있었을 것입니다.

참으로 커다란 바위산이 어떻게 그 소나무를 키워냈는지 모를 일입니다. 영양분인 토양도 없을 텐데 소나무는 제법 풍채가 수려했습니다. 바위산은 아마도 온 힘을 다해서 그 소나무 한 그루를 키워냈을 것입니다. 햇빛 같은 사랑을 주고 나무를 받치고 있는 한 줌 흙이 행여나 떠나갈세라 소나무 밑동을 꼭 끌어안았을 것입니다. 그래서 나무가 훌륭하게 보이는 것이 아니라 그 바위산이 내게는 훌륭하게 보였습니다.

그 모습을 계속 바라보고 있는데 나무는 나무대로 바위산에게 고마워하고 또 바위산은 바위산대로 소나무에게 고마워하고 있을 거라는 생각도 들었습니다. 나무가 없었으면 바위산은 그저 바위산에 지나지 않았을 것이고, 바위산이 없는 곳에 소나무가 살고 있었다면 또 나무는 다른 소나무에 불과하지 않았을 것입니다. 바위산과 소나무처럼 내 남편이 부재하면 내게 외로움 덩어리가 더 클 것이고 남편에게도 내가 부재한다면 외로울 것이라는 깨달음이 머리에서 가슴으로 내려오자 곁에서 땀을 뻘뻘 흘리며 앉아 있는 남편이 참, 고맙고 소중하게 느껴졌습니다.

비록 부부가 아니더라도 늘 곁에 있는 사람을 소중하게 여길 때 나 자신 또한 소중한 존재로 누군가의 가슴에 남을 것이라 생각합니다.

소나무는 소나무대로 살면 될 일입니다.
바위산은 바위산대로 살면 될 일입니다.
그대의 눈에 비추이는 대로
그대는 보면 될 일입니다.

〈그대로〉

댁은 누구쇼?

팔월 두 번째 일요일. 노부모와 365일 동안 얼굴 볼 일이 거의 없는 언니네 식구가 오랜만에 우리 집에서 같이 저녁식사를 했습니다. 팔순이 넘은 연세에도 장미가 그려진 검은색 스타킹을 신고 미니스커트를 입은 엄마가 압도적으로 눈길을 끌었습니다. 그 옛날 미니스커트를 입고 다녔던 엄마의 멋 내기는 지금까지 식을 줄을 모릅니다. 그런데 아버지의 말소리를 식사 내내 듣지 못했다는 걸 나는 나중에서야 깨달았습니다. 언니와 밀린 이야기보따리를 푸느라고 옆에 앉아 말없이 엄마가 갖다 놓은 반찬만 드시고 있는 아버지를 순간적으로 흘려 보았던 것입니다. 후식으로 과일과 케이크를 먹으면서부터 나는 아버지를 관심 있게 바라보기 시작했습니다.

두 해 전에 팔순을 지낸 아버지. "요즘엔 나도 잘 못 알아본다. 너네 이름도 모르고 니가 딸인 줄도 아마 모를 것이다." 옆 자리에서 아버지 입에 수박 조각을 넣어 드리면서 엄마가 말했습니다. 그래서 아버지가 조용하셨던 걸까? 식구들과 애기를 나누다가 가끔 바라 본 아버지는 눈빛이 흐려져 있었습니다. 그리고 말문도 닫아 버리셨고 의아해 하는 눈빛만 이 사람 저 사람에게 던지셨습니다.

가슴이 먹먹해졌습니다. 자식들과 모이면 사위들 앉혀 놓고 이야기하길 좋아하셨는데 대쪽 같고 불같던 성정은 다 어디로 가 버렸을까? 아버지 머리는 불빛 아래에서 반짝이고 있었고 아버진 아이처럼 입도 제대로 다물지 않으신 채 자식들을 번갈아 가며 바라보기만 하셨습니다. 아버지의 기억은 서서히 지워지고 있는 것일까? 착잡한 마음이 들면서 울컥한 마음을 식구들에게 보이지 않으려고 나는 아버지와 얽혔던 옛이야기들을 끄집어냈습니다.

어렸을 때 당신 발등에 내 작은 발을 포개고 축음기에서 흘러나오는 음악에 맞춰 리듬을 타는 법을 가르쳐 주셨고, 고등학교 때 막차를 타고 집 앞 정거장에 내리면 어김없이 전등을 손에 쥐고 나를 기다리시던 아버지. 그리고 내 약혼식 때는 '울밑에 선 봉숭아'를 부르시며 멀리 타국으로 떠나는 당신 둘째 딸에게 봉숭아꽃물처럼 아린 마음을 보여 주셨던 아버지. 그런 아버지가 이제는 딸들과의 추억을 잊어가며 아이처럼 밥알도 입가에 묻히고 말 대신 얼뜬 웃음과 낯선 눈빛만 보내고 계십니다.

언제였을까요? 나는 아버지께 이렇게 물어본 적이 있습니다. 아버지 생에 가장 후회스러운 일이 있다면 무엇인지. 아버지는 한참을 생각하시더니 고등학교 영어 교사 자리를 쉽게 그만두어 버린 것이고 또 한 가지는 정치에 뛰어들어 할아버지가 물려주신 재산을 거의 탕진해 버린 것이라고 말씀하셨습니다. 그 말을 못 끝내시고 울먹거리시던 아버지의 모습이 눈에 선합니다.

그렇게 지난 일을 후회하시며 눈시울 적시던 아버지가 몇 달 전부터 바깥출입도 줄이고 엄마만 당신 옆에 있으라며 떼를 쓰신다고 합니다. 평생 깔끔하고 부지런하셨던 아버지는 치매에 좋다는 약까지 변기통에 버리면서 당신에게 생기는 노년기 증세를 부정하셨습니다. 그때만 하더라도 치매 초기였고 다행히 아버지는 치매기가 지금껏 급속도록 나빠지지는 않았습니다.

그런데 석 달 만에 만난 아버지의 모습은 많이 차이가 났습니다. 초점도 잃어 가고 기억도 잃어 가고 아버지로서 자식들에게 하고 싶은 말들이 분명 있을 텐데도 아버지는 입에 자물쇠를 걸어 버린 듯 말문을 닫아 걸으셨습니다.

아버지는 아이스크림을 한입 먹다가 땅에 떨어트리셨습니다. 그러자 엄마가 얼른 냅킨으로 아버지 입과 바닥을 닦으셨습니다. 한껏 멋을 내고 온 엄마는 아버지의 수발을 드느라고 곱게 빗은 머리도 헝클어지고 옷매무새도 흐트러지는데도 아랑곳하지 않으셨습니다. 한편으로 팔순 넘은 엄마라도 건강하시니 감사할 따름이라고 생각했습니다.

"아이고, 이 작은 접시를 앞에 딱 받치고 먹어야지요." 평생을 친구처럼 지내시며 싸우기도 많이 하신 내 부모. 오죽하면 자식들이 전화해서 끊을 때쯤이면 마지막 인사말이 "엄마 아버지, 싸우지 말고 사세요."였을까요? 이제 두 분은 생각도 짧아지고 말도 짧아지고 사는 날도 짧아지고 있습니다.

법륜 스님은 『생애 최고의 날은 아직 살지 않은 날들』에서 이렇게 서술하셨습니다. "내가 부모에게 불효하고 자식에게 정성을 쏟으면 반드시 자식이 어긋나고 나에게 불효합니다. 그러니 늘 자식보다는 부모를 소중하게 생각하세요." 사실 내 자식에게는 부모니까 그들에게 이렇게 해야 한다는 것을 가르치면서도 부모님들에게는 이해만 받으려 했던 것 같습니다. 사 남매의 대문이 되어 주셨던 아버지 이제 그분에게 내가 대문이 되어 드려야겠다고 생각했습니다.

『가어』에도 이런 명언이 있습니다. "나무는 조용하기를 원해도 바람이 그치지 않는다. 자식이 효도를 하려고 원해도 부모는 기다리지 않는다." 맞습니다. 부모는 우리가 다음으로 미루는 효도를 받지 못할 수도 있다는 것을 잊지 말아야겠습니다.

손을 꼭 잡고 소파에 아기처럼 앉아 계시는 두 분을 보면서 그동안 노부모와의 기차 여행을 미루고 미루던 일이 떠올랐습니다. 그리고 가만히 안경 너머에서 흐려진 아버지의 눈을 바라보며 "아버지, 저랑 기차여행 가실래요?" 하고 물었습니다. 그랬더니 아버지는 의아한 눈빛으로 내게 말하셨습니다. "댁은 누구쇼?"라고요.

슬플 때
나 대신 울어 주었군요.
처음이나 지금이나
바다 같기도 하고
산 같기도 한 당신
외로움에 젖어 있을 때
나 대신 긴긴 밤을 하양게
지새웠군요.

<깨달음>

벌거벗기

　요즘 들어 부쩍 차(tea)에 관심이 많아졌습니다. 고추잠자리 낮게 날고 하늘은 더 높아 보이고 바람이 부는 탓일까요.

　운동을 마치고 차를 전문으로 파는 가게에 들렀습니다. 온갖 차들의 향내가 문을 열고 가게에 들어서자마자 나를 유혹합니다. 주인은 내게 한국산 녹차를 권했습니다. 미국에서도 한국산 녹차를 알아준다는 것에 가슴이 뿌듯했습니다. 그 마음 덕분에 녹차와 여자들에게 좋다는 석류차를 덤으로 사서 집으로 왔습니다.

　아침저녁으로 조금은 선선해진 기온이 반갑습니다. 얼른 깊은 가을이 오면 좋겠습니다. 잎에 깊은 마음을 물들여 세월에 떠나보내고 벌거벗는 나무와 함께 나도 향기 그윽한 차가 내 무딘 마음에 촉촉한 감수성을 불어넣어주기를 희망해 보며 뜨거운 물을 끓입니다.

　벌거벗는다는 것. 어찌 들으면 야한 소리 같지만 자세히 묵상을 해 보면 이처럼 솔직한 말은 없습니다. 덕지덕지 누더기를 입고서 뽐내며 살아가는 자신을 종종 발견하면서 참으로 한심하다는 생각을 종종 하곤 합니다. 불혹을 지나는 나이가 되어가다가 만난 하늘은 풋풋한 젊음의 초반에 만났던 하늘과는 분명 달라 보입니다. 십여 년을 넘게 걷다가 만난 소나무 형제도 요즘은 달라 보이고 제법 은행을 많이 달고 서 있는 은행나무도 달라 보입니다. 모든 것이 세월의 성숙함을 입고 있는 것처럼 보이는 것입니다.

세월의 빠름은 나이가 들수록 비례해져 가는 것을 발견합니다. 십대, 이십대에는 그저 하루가 시간의 개념 없이 갔습니다. 그러다 삼십대와 사십대 초반은 아이를 키우는 일에 빠져 시간이 어디로 머물다 어디로 가는지도 모르게 갔고, 사십대 후반이 되는 지금 비로소 세월이 나뭇잎을 스치고 바람처럼 가는 것이 조금씩 보이기 시작합니다. 어리광을 부리던 아이들도 하나둘 대학을 향해 집을 떠나고 남은 막내도 이제 더 이상 재롱 피우고 말썽 부리며 내 손이 필요로 하는 때가 지나고 난 듯이 홀로서기를 잘하며 지냅니다.

내가 신경 써야 할 대상들이 줄어들면서 문득 남편이 보이기 시작했습니다. 맨 처음 남편에게 신경을 써야 마땅한 일인데 나는 아이들에게 먼저 신경을 써 왔습니다. 고목나무처럼 묵묵히 나와 아이들 뒤에서 밤이면 달처럼 지켜주고 낮이면 그늘을 만들어 삶의 더위를 피하게 해 주며 비바람 부는 날은 든든하게 피신할 수 있는 집 같은 존재.

요즘 남편과 나는 영성생활의 문을 조심스레 밀며 들어가고 있습니다. 보호해 줄 것이 없어지는 대신 이제는 부부 서로를 위해 기도하고 아끼는 시간으로 텅 빈 가슴을 채워야 한다는 것을 서로가 무언으로 알고 있는 것입니다. 그래서 아이들과 사람의 도리와 가족의 중요성과 그들의 미래에 대한 꿈을 같이 꾸었던 세월만큼 이제부터는 우리 자신부터 아껴보기로 한 것입니다.

아인슈타인은 이렇게 말했습니다. "세상을 보는 데는 두 가지 방법이 있다. 하나는 아무것도 기적으로 보지 않는 것이고 다른 하나는 모든 것을 기적으로 보는 것이다." 그렇습니다. 세상을 어떤 눈으로 보는가에 따라서 빛 속에서 살 수도 있고 어둠 속에서 살 수도 있을 것입니다. 오늘 나를 위해 차(tea)를 샀다는 그 자그마한 일이 앞으로 내 인생에서 나를 아낄 줄 아는 마음으로 자리매김할 계기가 될 수도 있으니까요.

나는 빛 속에서 살기를 희망합니다. 허나, 어둠의 시간에서 있어야 할 때에도 나를 따스하게 비추던 그 빛을 기억하고 살 것입니다. 가끔씩 나무처럼 벌거벗기를 하면서요.

별거벗고 나면
당신과 나는 친구가 되지요.
별거벗을 때 비로소
우리는 태초로
돌아갈 수 있습니다.

〈별거벗고 나면〉

나이의 지혜

나이가 들수록 지구력과 집중력이 떨어집니다. 오래 앉아 있지도 못하겠고 강의도 잘 들어오지 않습니다. 옛 사람들의 말은 하나도 버릴 것이 없습니다. 배움도 때가 있는 것이라고 했다지요? 배가 고프면 정신없이 이것저것 먹어대는 식탐만 늘어가고 지성과 이성은 점점 멀어져 가는 것 같아 슬픕니다.

오늘은 비가 바람을 타고 날립니다. 봄비라고 세상은 떠들지만 너무 짧게 가버린 지난해 겨울이 나는 아직 그립기만 합니다. 쌀쌀한 아침 허공을 가르고 날아가는 청둥오리 부부도 그립습니다. 추운 바람을 가르고 돌산으로 걸어가는 비쩍 마른 코요테를 다시 한 번 보고 싶습니다.

요즘은 돋보기를 쓰고도 눈을 크게 떠야 합니다. 온라인으로 보고 듣는 강의도 컴퓨터 가까이에 얼굴을 대야 말끔하게 보입니다. 나이에는 장사가 없다고 하듯이 이제 불혹의 마지막 길목에 서게 되니 눈도, 귀도 낡아져 가고 있나 봅니다.

프란치스코 교황이 쓴 책 『교황 프란치스코 어록』에는 이런 구절이 있습니다. "사람들은 노년을 가리켜 '지혜의 보금자리'라고 말합니다. 노인들은 각자 자기 삶을 살아오며 터득한 갖가지 지혜를 간직하고 있습니다. 우리의 청소년들에게 그 노인들의 산 지혜를 전달해 주어야 합니다. 오랜 기간 숙성된 좋은 와인처럼 노인들이 살면서 푹 익힌 맛난 지혜를 오늘의 젊은이들에게 나누어줘야 합니다."

이 글을 읽다가 '노년은 지혜의 보금자리'라는 아름다운 글귀에서 마음이 머물렀습니다. 젊었을 때는 세대 차이가 난다는 둥 어머니나 할머니가 하는 말에 귀를 기울이지 않았는데 나이가 들어가 노년의 문턱을 향해 가고 있으니까 그때 어르신들께서 했던 말들이 지혜였다는 걸 깨닫습니다.

프랑스의 소설가 발자크는 이렇게 말했습니다. '사람의 얼굴은 하나의 풍경이요, 한 권의 책이다. 얼굴은 결코 거짓말을 하지 않는다.'라고요. 이렇듯 노인들의 얼굴을 떠올리면 험상궂은 인상은 별로 없습니다. 모두가 세월을 걸어오면서 진리를 깨친 빛나는 모습입니다. 지혜를 터득한 모습이겠지요.

늙음은 결코 낡은 것이 아닙니다. 늙음은 설익음의 원숙함입니다. 젊음이 무모한 여름의 파도라고 한다면 늙음은 가을 나무들이 피워내는 단풍입니다. 사람들이 단풍을 좋아하는 이유도 단풍을 바라보면 차분해지고 머리로 만들어지는 생각이 아닌 마음에서 길어 올리는 지혜가 있기 때문일 것입니다.

나이가 들수록 입은 무겁게 닫고 지갑은 자주 열어야 한다는 말이 요즘 젊은 엄마들 사이에서 농담처럼 번지고 있습니다. 그것은 단지 농담에 지나치지 않습니다. 나는 그 말을 내면이 지혜로 단장되고 나눔을 많이 하라는 말로 받아들였습니다. 한낱 농담이지만 의미심장한 진리가 담겨 있으니 오래도록 간직하게 될 것입니다.

　속세를 등지고 도를 닦아 얻어진 것이 아닌 삶의 현장에서 습득해서 얻어진 지혜로움은 세상 어떤 지혜서와도 바꿀 수 없는 것이라고 생각합니다. 오랜 기간 숙성된 와인처럼 지혜로 사는 노인들의 말씀에 귀를 기울일 줄 아는 현명한 젊은이들이 지상에 많으면 참, 좋겠다는 생각이 듭니다.

단풍나무 밑에서
주름진 삶들이 모여
소풍을 합니다.
울긋불긋한 단풍잎보다
더 붉고 고와서
눈물이 납니다.

〈가을소풍〉

사랑을 섬기는 삶

오랜만에 듣는 빗소리입니다. 천지에 펼쳐진 봄의 풍경들 사이로 오늘 아침 굵은 빗방울이 떨어져 땅에 쌓이고 있습니다.

도종환 시인이 쓴 책 『그대 언제 이 숲에 오시렵니까』를 다시 읽다가 눈길이 머문 곳이 있습니다. "빵 한 조각 앞에서도 밥 한 그릇 앞에서도 감사하는 마음을 갖습니다. 시래깃국 한 그릇 앞에 놓고 잠시 묵상하며 겸허해지고자 합니다. 죽 한 그릇 앞에서 이것을 먹어도 될 만큼 오늘 하루 부끄럽지 않게 살았는지 자신을 돌아보고, 사물을 존중하고 사람을 섬기는 삶을 살아야 한다는 생각을 합니다." 이 글을 읽는데 폴란드에서 만났던 시골 아가씨가 문득 생각났습니다.

올 여름 폴란드를 여행 중일 때 일이었습니다. 허름한 시골 레스토랑엘 들어갔다가 그곳에서 일하는 웨이트리스를 유심히 보게 되었습니다. 그녀는 나이가 얼추 열여섯 살쯤 되어 보였습니다. 유난히 손님들에게 친절하고 예쁜 그녀를 나는 시골 레스토랑에서 일하고 살기에는 아깝다는 생각을 하며 말을 걸었습니다. 더듬거리는 영어로 "이곳에서 일하는 것이 좋으냐?"고 묻는 나에게 그녀는 생글생

글 웃으며 "물론이지요."라고 대답을 하고는 "이곳에서 일하는 것도 내게는 커다란 감사할 일이지요."라고 덧붙였습니다. 나는 잠깐 동안 어린 그녀에게 어설픈 동정을 했던 것이 부끄러워 고개를 숙이며 밥을 먹은 뒤 미안한 마음에 팁을 후하게 건네주었습니다.

너무 많은 팁이라며 받지 않으려고 사양하는 그녀에게 나는 억지로 주머니에 팁을 넣어주고는 레스토랑을 황급히 나왔습니다. 비록 나이는 어리지만 그녀는 이 세상을 진정으로 감사하며 사는 사람이었습니다. 그리고 우울한 나라지만 그녀의 애국심은 환한 미소에 서려 있었습니다. 손님들의 짓궂은 언행들도 유채꽃처럼 환하게 웃어가며 넘겨내는 폴란드 아가씨를 보며 사람을 진정으로 섬기는 삶을 살고 있는 것이 아닐까? 라고 생각하게 되었습니다.

수많은 세월이 흘렀지만 유태인들의 신음이 산천에 널려져 있는 나라, 폴란드. 그래서일까요? 그 나라 아이들의 눈빛은 참으로 슬프게 보였습니다. 수용소의 건물 옆 나무들도 우울했습니다. 우울한 나라에 유채꽃은 왜 그렇게도 자지러지게 피어 있을까요? 하늘도 노란색의 꽃으로 폴란드 사람들에게 위로를 주는 것이 아닐까요? 하느님의 섭리는 알다가도 모르겠고 모르다가도 알게 되는 것임을 또한 번 그 나라에서 느꼈습니다.

창밖에서 들려오는 빗소리는 밤새 잠 못 들고 뒤척인 내 영혼에게 자장가를 들려주듯이 포근하게 울려 퍼지고 있습니다. 이 빗소리에 새싹들은 가만가만 일어날 것이고 나무들은 꽃망울을 터트릴 준비를 할 것입니다. 오늘도 환한 미소를 머금고 손님들에게 친절을 나누고 있을 폴란드의 아가씨처럼 사람을 소중히 여기는 삶을 내 가

정에서부터 시작할까 합니다.

　남편의 물음에는 상냥하게, 아이들의 물음에는 자상하게 대답해 주며 작은 것에서부터 사람을 섬기는 삶을 실천하고 살아가다 보면 몸과 마음에 익숙해진 섬기는 삶으로 내 세상은 환해질 것이 분명합니다.

마음을 두고 왔습니다.
세상에 쏟아내지 못한 말 한마디
묻어 두고 왔습니다.
그대여,
그곳에 가려거든
화사한 웃음 숨겨 두고 가십시오.
반짝이는 생을 잠시 내려놓고 가십시오.

〈그대여〉

세모

구세군의 종소리가 들립니다. 왠지 서글프게 들리는 종소리를 듣고 있으면 생각나는 사람들이 있습니다.

십 여 년이 훨씬 넘은 일입니다. 내가 스탁튼(stockton)에서 살고 있을 때 아주 세련미가 넘친 자매가 나타났습니다. 큰 도시에서 살다 온 자매는 우리가 사는 곳에서 최고로 눈에 뜨일 정도로 예뻤습니다. 그리고 서로 그림자처럼 붙어 다니면서 유난히도 다정했습니다.

서로 다른 매력을 가진 자매를 보고 어른들은 중매 서기에 바빴고 또 총각들은 연분설을 내고 싶어 안달을 했습니다. 그런데 그렇게 예쁘고 자매애가 돈독하던 그들에게 불행이 닥쳤습니다. 12월 어느 날이었습니다. 비즈니스를 하던 아버지를 도우러 자매 중 동생이 가게에 나갔다가 사고로 세상을 떠났습니다.

그녀는 마을노인을 대하는 마음이나, 아줌마인 나를 대하던 마음씨가 어찌나 따뜻하고 공손하고 예뻤는지 모릅니다. 장례미사가 끝나고 장지에 갔을 때 피를 토하듯 울부짖는 가족을 사람들은 위로하며 모두가 같이 울었으며 꽃다운 나이에 이승을 떠나는 그녀를 가슴에 묻었습니다.

한동안 들려오던 소식으로는 그 가족 모두가 혈육의 죽음에서 빠져 나오기 무척 힘든 시간들을 보내고 있다고 해서 마음이 많이 아팠습니다.

그 즈음에 또, 나를 잘 챙겨 주던 언니가 세상을 떠났습니다. 그 언니는 피 한 방울 섞이지 않았지만 40분 걸리는 거리에서도 내가 좋아하는 동치미국수를 해 놓고 나를 기다렸고 셔츠를 사서 내게만 살짝 건네주는 등 나를 마치 친동생처럼 아끼며 챙겨 주었던 사람입니다. 언니는 음식을 먹고 난 뒤에 자꾸만 거북룩한 속이 의심스러워 병원에 갔다가 위암 말기 판명을 받고 투병을 두 해 정도 하다가 하늘로 갔습니다. 아직까지 그 언니와 나의 마지막 만남이 눈에 선합니다.

뼈만 앙상한 몸으로도 일하러 다니는 언니가 안쓰러워 영양제를 사다 건네주었더니 언니는 커다란 두 눈에 눈물을 담고서 울먹였습니다. 자기 등에서 암세포가 불거져 나온 줄도 모르고 피부병에 쓰는 약만 바를 정도로 자기 몸에 신경을 쓰지 않고 아이들과 가정을 위해서 앞만 보고 달리던 언니가 바보스럽다고까지 생각하던 때 고작 내가 언니에게 할 수 있는 것은 영양제 한 통 사 드리는 것 밖에 없었습니다. 그런 뒤 그 언니도 겨울에 떠났습니다. 두 사람 모두 사랑받을 줄을 아는 언행으로 주위의 모두에게 칭찬을 받고 있었습니다. 그랬기 때문에 내 기억에 12월의 별처럼 초롱초롱 남아 있는 것이지요.

해마다 이맘때면 그 사람들이 생각납니다. 유난히 예뻤던 사람들이라, 그리고 외로웠던 나에게도 상냥하고 친절하게 잘 했던 사람들이라 지금도 많이 보고 싶습니다.

세월이 지나도 가슴에 오래도록 남아 있는 일은 누구나 하나쯤은 있을 것입니다. 특히 따뜻한 마음을 내게 보여 주었던 누군가는 잊지 못하는 법이지요. 12월은 예수님의 탄생한 달이고 일 년 중 마지막 달이기도 하지만 내게는 그 사람들이 떠오르는 달이기도 합니다. 그러다 문득 생각합니다. 내 발자국은 묵은 세월 속에서 어떻게 찍혀 있을까? 하고요.

역경을 견디면서 찍힌 발자국은 유난히 그 무게로 인해 움푹 파였을 것입니다. 기쁨 안에 찍힌 발자국은 새발자국처럼 가볍게 찍혔을 것입니다. 이처럼 마음이 천근이면 발자국은 중심을 잃고 지그재그로 나 있으며 움푹 들어갔을 것이고 마음에 기쁨이 넘치면 발자국은 흐트러짐이 없이 똑바로 가볍게 남겨졌을 것입니다.

어느 시인이 눈 위에 남긴 산짐승들의 일정한 발자국깊이가 똑같은 것을 보고 썼던 글처럼 나도 세월의 길 위에 찍히는 내 발자국을 단정하게, 신중하게, 침착하게 남기고 있는지 눈여겨보리라 다짐합니다.

마지막이라고 생각할 때
세월은 희망을 싹틔웁니다.
넘지 못할 산이라고 포기할 때
세월은 손에 용기를 건네줍니다.
미소를 가지고 세월을 보십시오.
그 안에 녹아 있는
당신이 얼마나 빛이 나는지

〈세월〉

시샘

집 안에서 죽어가는 행운목을 남편이 어느 날 뒤뜰 금귤나무 옆에 심어 놓았습니다. 한 삽 뜬 흙에 가만히 묻어 놓고 꾹꾹 밟아 준 뒤 몇 달 동안 나무는 몸살을 앓고 있는 듯 살갗에 허옇게 서태가 끼고 시름시름 죽어가는 듯 보였습니다.

그 옆 금귤나무는 무릎 키만큼 하던 때 사다 심었는데 곧잘 자라 조팝꽃 같은 흰 꽃도 키워내고 노란 금귤도 가지가 부러져라 키워내며 살아 있음을 보여 주고 있습니다. 남편과 나는 성하게 잘 자라는 나무보다 죽을 것 같은 나무에게 볼 때마다 "죽지 말거라, 힘내고 살아야지." 의도적으로 자주 이 말을 건네주었습니다. 꽃이나 나무도 사람이 하는 말을 알아듣는다는 책을 읽어서이지요.

천지에 봄은 바람 따라 가 버리고 여름이 왔습니다. "제발 옆에 있는 금귤나무를 보고 시샘이라도 내어서 살아다오, 나무야, 집 안에서 키우는 나무지만 네가 죽어가는 걸 보지 못하겠기에 햇살 먹고 살라고 이곳으로 옮겨 놓았는데 이대로 죽어 가면 어떡하니?"라고 쓸데없는 투정만 나무 앞을 오갈 때마다 뱉어냈습니다.

그러던 칠월 어느 날, 뒤뜰에서 물청소를 하던 남편이 소리를 질렸습니다. "자기야, 이 행운목이 살았다 살았어!" 그 말에 이층에서 정신없이 뛰어 내려가 밖으로 나갔습니다. 그랬는데 그 죽어가던 나무 가지 끝에서 초록빛 연한 잎이 피어올라 있는 것이 아니겠습니까? 아, 그 모습이 너무 경이로웠습니다. 잃어버렸던 아이를 다시 찾은 기분이랄까요? 만지는 것도 아슬아슬해 혹 만지면 손때 묻어 잎이 떨어지기라도 하지 않을까 걱정하며 그저 코를 그 여린 잎에 갖다 대며 속삭이기만 했습니다. "애야, 애썼다. 이 잎을 키우기 위해 네가 얼마나 애썼는지 잘 안다. 잎이 잘 커서 까르르 웃는 너를 보고 싶구나." 마치 딸에게 속삭이듯 나는 중얼거렸습니다.

그런데 다음 날 아침, 부엌 유리창 밖으로 보이는 행운목과 금귤나무의 키가 비슷하다는 사실도 발견했습니다. 조팝꽃 닮은 흰 꽃이 여기저기 가지 끝에서 소복이 피어 나 있는 나무와 이제 막 초록 잎을 키워내는 흰 행운목의 키가 비슷한 것을 보다가 금귤나무가 죽어가려던 나무에게 힘과 에너지를 주고 있다는 진실을 보게 되었던 것입니다. 밤낮으로 같이 있으면서 쓰러져가는 행운목에게 용기와 희망을 주었을 나무. 옛날 어른들이 말하시는 누가 아이를 가지면 몇 년 동안 애를 못 가지던 여자가 시샘을 하여 아이를 가질 수 있다는 속담이 떠올랐습니다.

금귤나무는 일부러 화려한 잎들과 눈부신 꽃들과 탐스러운 열매들을 가지가 찢어져라 피워냈던 것일까요? 아, 그런 것 같습니다. 틀림없이 금귤나무가 행운목에게 살아야 할 이유와 희망을 안겨준 것입니다.

나도 누군가의 실의를 보며 그 곁에서 희망을 꽃피워주려고 노력

했던 적이 있었던가. 혹은 삶이 고달파서 울고 있는 이에게 살아서 아름다울 세상을 이야기하며 희망을 준 적이 단 한 번이라도 있었는가, 깊이 생각해 보았습니다. 나밖에 모르고 내 곁에서 좌절하고 죽을 만큼 힘든 이들을 보면서도 눈을 가려 버린 적이 부끄럽게도 있었을 것입니다.

　이제부터 둘러보아야겠습니다. 내 주위에 행운목처럼 살아갈 의지를 포기하고 있는 이들이 있지는 않은지요. 나의 보잘 것 없는 용기로 살아가야 할 희망을 조금이라도 가질 수 있도록 주위를 관심 깊게 보아야겠다고 생각했습니다.

비가 되어 주어야 해요.
햇빛도 되어 주어야 해요.
우리 서로
용기의 말도 되어 주어야 해요.

〈서로〉

신발

간디의 일화 중 하나입니다. 어느 날 간디가 기차를 타고 어디를 가고 있었는데 신발에 묻은 먼지를 창밖에서 털다 신발 한 짝을 떨어트려 버렸다고 합니다. 그때 그는 얼른 또 다른 쪽 신발을 벗어 기차 창밖으로 던졌답니다. 그것을 본 사람들은 왜 한 쪽 신발마저 버렸느냐고 묻자, 그는 이렇게 대답했다고 합니다. "누군가 그 신발 한 쪽을 주워도 신을 수가 없을 것 아니냐? 그래서 마저 한 쪽을 얼른 벗어 던진 것이다. 그러면 그 누군가는 신발 두 짝이 다 있으므로 내게는 신을 수 없는 신발이지만 다른 사람에게는 온전한 신발이니 그는 잘 신고 다닐 것이 아니냐."구요.

언젠가 나도 신발이라는 시를 쓴 적이 있습니다.

신호등이 걸린 사거리

한복판에

신발 하나 버려져 있다

격동의 세월을 걸어 온 듯

행색이 가엾다

첫 마음의 기백과 희망은

찾아 볼 수가 없으니

그는 공기 한 줌을 마시는 것으로

목숨을 연명하고 있을 것이다

때론 기차 건널목에 서서

한순간의 고통을 안고 생을

버리고도 싶었을 터

궁핍하지만 열심히 살아 온 생이

풀어진 끈에서 훤히 보인다.

졸시 〈신발〉의 전문

　나는 오래도록 신은 헌 신발을 쉽게 버리지 않습니다. 새로 산 지 얼마 되지 않은 신발은 가끔 도네이션을 하기도 합니다. 굽이 닳아서 몸 균형이 비뚤어지더라도 왠지 끌리는 신발은 오래도록 신발장에 두지만 신발을 샀더라도 그 신발을 신어서 편하지가 않으면 모임이나 성당에 갈 때는 어김없이 나는 오래된 신발을 신습니다.

　어머니는 늘 발이 편해야 마음도 편하다고 말 하십니다. 그 말이 맞습니다. 신이 편해야 만남을 하는 동안 편안하게 다른 사람과 이야기를 나눌 수 있습니다. 내 발에 맞지 않은 새 신발을 신은 날은 발이 조이고 끝내는 발가락이 아파오는 것을 누구나 한 번쯤은 경험해 보았을 것입니다.

유난히 나의 힘든 기억의 삶에서 함께했던 신발은 더더욱 버릴 수가 없습니다. 비록 신지 않고 신발장에 묵은 먼지가 쌓여 있어도 감히 버리지 못합니다. 그만큼 어떤 신발은 내게 물건이기 이전에 나의 부분이기도 한 것입니다. 그런데 맘에는 들어서 얼른 사게 되었어도 내 마음을 오래도록 붙잡지 않는 신발도 있습니다. 그래서 새 신발인데 먼지를 역시 덮고 있는 신발도 있습니다.

땀 냄새를 묵묵히 견디며 발을 감싸주는 신발이 있기에 오늘이라는 시간을 나는 열심히 걸을 수 있습니다. 보통 아내들은 바깥일하는 남편의 굽 닳은 신발을 보며 마음이 짠해진다고 합니다. 나 역시 마찬가지입니다. 굽이 너무 닳아서 기우뚱거리는 신발을 보고 안쓰러운 마음에 신발을 쓰레기통에 넣었다가 남편에게 혼나기도 했습니다. 낡았어도 그를 편하게 해주는 신발이 있다는 것을 깜박 잊어버린 것이지요.

오늘도 대문 밖을 쏘다니다가 들어 와 쉬고 있는 내 신발을 가만히 봅니다. 신발도 왠지 힘들게 보입니다.

낡은 마음이라
부끄러워하지 마세요.
새 마음이 갖지 않은
지혜가 당신에게 있습니다.

〈지혜〉

봄이라는 계절

누가 명명해 놓은 걸까요? 푸석푸석한 나무에 새순이 돋고 꽃이 피고 기운이 훈훈한 계절을 봄이라고 맨 처음 누가 붙여 놓은 걸까요? 괜히 웃음이 실실 나오는 계절. 나뭇잎들이 키워 낸 새순들의 마음처럼 덩달아 춤이라도 추고 싶은 계절. 봄은 첫사랑의 아픔을 딛고 일어서던 순간을 기억하게 해 주는 능력을 가졌습니다.

가만히 손을 펴서 햇살 아래에 내 놓으면 따스한 빛이 손을 덥혀 주고 그 덥혀줌은 알 수 없는 사랑으로 가슴까지 훈훈하게 해줍니다. 그리고 무조건 사랑하고 싶게 만듭니다. 꽃은 천지에만 피는 것은 아닙니다. 사람의 마음에서도 꽃이 핍니다. 남을 포용할 줄 아는 꽃, 미움을 화로 다스리지 않고 인내로 다스릴 줄 아는 꽃이 피는 것입니다.

집 옆 돌산에서도 봄 축제가 한창입니다. 바위 틈새로 혹은 갈대 사이로 초록빛 자디잔 덤불이 꽃을 피우고 있습니다. 여기저기에서 봄, 봄, 노래하는 이 계절엔 얼굴에 패인 주름까지도 희미하게 옅어지는 걸 보면 봄은 분명 하느님이 새로운 세상을 여는 계절임에 틀림없습니다.

사랑을 하고 나면 얼굴이 수척해진다고들 말합니다. 잠시 와서 머물다 간 사랑이 봄 같아서일까요? 이맘때 고향의 어머닌 늘 냉이와 쑥국을 끓여 입맛을 돋우어 주셨습니다. 냉이와 쑥이 내뿜는 그윽한 향내에 코를 킁킁거리며 부엌문을 서성거리면 어머닌 국자로 살짝 향긋한 맛을 보게 해 주셨습니다. "맛난 봄 국 먹게 해 주마."라며 웃으시던 어머니. 냉이와 쑥국은 그렇게 입맛 잃은 내게 밥 한 그릇 뚝딱 해치우게 해 준 보약이었습니다. 혹독한 추위에 얼어 죽은 줄 알았던 나무들에게 따뜻한 숨을 불어넣어주어 새순을 돋게 하며 살아 있음을 보여주는 계절. 그래서 봄은 어머니와 같습니다.

　영국의 낭만파 시인인 윌리엄 워즈워스(william wordsworth)는 봄을 이렇게 노래했습니다. "봄철의 숲 속에서 솟아나는 힘은 인간에게 도덕상의 악과 선에 대하여 어떠한 현자보다도 더 많은 것을 가르쳐 준다." 이처럼 사람들은 봄에게서 희망을 배웁니다. 좌절에서 일어날 용기를 갖습니다. 모든 것을 따스한 눈길로 바라볼 줄 알게 됩니다.

　세상에 잔인한 사건들도 봄에는 거의 일어나지 않습니다. 신문을 보면 온통 꽃들의 잔치 이야기뿐 악한 기사는 거의 없습니다. 그만큼 봄은 사람 마음을 포근하고 안정적으로 만들어주는 것이 분명합니다. 고국의 봄은 지금쯤 냉이와 쑥과 온갖 꽃들의 세상으로 천지가 향긋할 것입니다. 가보고 싶습니다. 가서 옛날 동산에서 뒹굴고 싶습니다. 머지않아 천지가 봄인 고향을 향해 날아가기라도 하듯 마음이 벌써부터 깃털처럼 가벼워집니다.

별이 되어
그분의 가슴에 숨어 있는 사랑을
찾아보세요.
어떤 빛일까요?

〈봄〉

존재의 소중함

　가끔 나도 모르게 다른 이들과 비교하게 됩니다. 입으로는 내가 소중한 존재라고 말하면서 어느 순간에 자신을 끊임없이 다른 사람과 비교하며 움츠러들고 경쟁의 세상에 사로잡히게 됩니다.

　법정 스님은 "자신의 존재를 있는 그대로 받아들이지 못하면 불행해진다. 진달래는 진달래답게 피면 되고, 민들레는 민들레답게 피면 된다. 남과 비교하면 불행해진다. 이런 도리를 이 봄철에 꽃에게서 배우라." 이렇게 말하셨습니다. 이렇듯 꽃은 제각기 향기와 모습이 다릅니다. 질투도 비교도 하지 않고 각자의 개성으로 사계절에 피어나는 꽃처럼 자신이라는 꽃에게 정성껏 사랑이라는 비료도 주고 위안이라는 햇살도 주면서 키워나갈 때 자신의 존재를 진정으로 아끼게 되며 남과 비교하지도 않고 있는 그대로를 소중하게 받아들이지 않을까요?

　며칠 전, 길을 걷다가 이웃집 담장 너머 길가에 한 송이 노란 트럼펫 꽃이 떨어져 있는 데 눈길이 멈추었습니다. 떨어진 지 얼마 되지 않은 듯 촉촉한 꽃잎을 주워서 보다가 이삼 일 전에 단골 마켓 주인아저씨가 심장마비로 돌아가셨다는 소식을 들었던 기억이 떠올랐습니다. 마켓을 들어설 때마다 웃는 얼굴로 "건강 조심하세요."라며 인사를 건네시더니 홀연히 간밤을 넘기지 못하고 하늘로 가셨다고 해서 깜짝 놀랐었습니다.

손님의 건강 걱정을 하면서도 당신이 내일을 보지 못하고 하늘로 갈 것이라고는 생각지도 못하셨을 아저씨. 훈훈한 정에 시장을 많이 본 날엔 어김없이 떡볶이와 김밥, 떡을 가져가라며 마켓을 나오는 손님들의 마음을 정으로 감싸줄 줄 아시던 아저씨. 그분은 이제 노란 트럼펫 꽃처럼 생명이 있는 세상에 없으십니다.

아저씨의 부재를 제일 많이 느낄 마켓 주인아주머니의 아픔은 어떨까요? 허망한 마음이야 이루 말할 수 없을 만큼 클 것이고 아저씨 생시에 좀 더 잘 대해 줄걸, 하는 회한이 어느 산보다 높을 것입니다. 그리고 둘만의 시간에서 다정했을 아저씨의 음성은 또 얼마나 듣고 싶으실까요?

산다는 건 이렇게 사람들이 내 곁을 왔다 가고 마는 것입니다. 또 내가 그들 곁을 머물다 떠나는 것입니다. 어떤 이들은 수술을 해서라도 살려고 노력하고 또 어떤 이들은 자기도 모르는 순간에 죽음의 세계로 가 버리고 또 어떤 이들은 아픔을 겪을 대로 겪다가 스스로 목숨을 끊기도 합니다.

미국에서는 암 말기 환자들이 스스로 목숨을 끊어도 법적으로 저해가 되지 않는 주가 있습니다. 워싱턴, 버몬트, 오리건 주입니다. 한번은 오리건 주에 사는 암 말기 환자인 백인 여자가 생을 마감하길 원해서 의사의 허락을 얻고 간호사와 남편의 배웅을 받으며 목숨을 끊은 다큐멘터리를 보고 많이 울었던 적이 있습니다. 그녀가

생의 마지막 날짜를 정해놓고 가족과 함께 죽음을 맞이할 순간까지의 삶을 모니터로 들여다보면서 울지 않은 사람은 없었을 것입니다. 불혹의 나이도 넘기지 못하고 가족과 세상을 떠나야 한다는 것이 얼마나 커다란 슬픔인지 그녀를 보면서 새삼 더 깨달았습니다.

나 또한 마켓 아저씨처럼, 혹은 백인 여자처럼 갑자기 심장이 멈출 수도, 아니면 암이라는 세포가 주는 통증으로 힘들게 죽음을 맞을 수도 있습니다. 어느 순간에서든 사랑하는 가족을 힘들게 하지 말고 차분히 떠날 준비를 해야겠다는 생각이 듭니다. 그러니 사는 동안 남과 비교하지 말고 자신을 소중한 존재로 여기며 사는 것이 우리의 숙제가 아닐까요? 자신을 사랑할 때 진정으로 이웃을 사랑할 힘이 샘솟는 것일 테니 말입니다.

님이시여,
당신의 부재는
나를 찾게 하는 길입니다

〈부재〉

인생

돌과 바위들이 생을 걷고 있습니다. 쩍쩍 갈라진 마른 진흙 밭에 여기저기 돌과 바위들이 걸어온 흔적을 남기고 멈추어 서 있습니다. 모태인 돌산에서 떨어져 나와 진흙 밭에서 제 멋대로 걸어와 종국에는 단단한 땅으로 올라서고 어떤 돌들은 살아가다가 흔적만 남기고 사라지고 없습니다. 돌멩이와 크고 작은 바위들이 지나간 흔적이 고스란히 보입니다.

마치 사람들의 인생의 처음과 마지막이 훤히 보이는 듯합니다. 사람들이 데스밸리(Death Valley)에서도 이곳을 유난히 많이 다녀가는 까닭은 이곳에서 인생의 깊이를 깨닫기 때문이 아닐까 생각해 보았습니다. 저만치서 사진작가들이 여명의 빛과 어우러지는 돌과 바위들을 찍고 있었습니다. 나도 마구 걸어 다녔습니다. 나와 비슷한 생을 걸어가고 있는 돌을 찾아 서지요.

어머니의 품에서 빠져나와 멋대로 세상을 쑤시고 다녔던 철없던 젊은 나를 닮은 돌도 만났고 어느 정도 굴곡진 인생길 모퉁이에서 침묵하고 서 있는 바위도 만났습니다. 그리고 차마 말할 수 없는 고통을 겪으며 좌절하고 있는 커다란 바위에게는 짠한 마음이 들어

힘을 실어주듯 어루만져 주었습니다. 우리네 인생에서도 우리가 좌절하고 있을 때 누군가의 따뜻한 말 한마디로 다시 일어날 용기를 갖듯이 말입니다.

침묵하며 제 길에 서 있는 아담한 돌도 만났습니다. 어쩌면 세상을 향해 꿈을 가지고 도전하는 청년 같습니다. 많은 열정이 있기에 자신감이 넘치는 길에 서 있는 듯 돌멩이는 똘망똘망하게 생겼습니다. 웃으며 그 앞을 지나갔는데 이리저리 깨진 중간 바위가 눈에 들어 왔습니다. 어떤 역경이 몰아쳤기에 귀퉁이와 가슴께가 산산이 부서져 버렸을까요? 바위는 제 품에서 떨어져 나간 자잘한 부분들을 애처로이 바라보고만 있는 것 같았습니다. 그 바위에게는 건네 줄 말이 없었습니다. 그저 기도하는 마음으로 앞에서 한참을 머물기만 했을 뿐.

또 어떤 바위는 걸어 온 흔적만 남긴 채 사라져 버렸습니다. 마치 생을 다 마치지 못하고 이승을 떠난 우리네 모습과도 닮았습니다. 종종 사람들이 주워가 버린 바위들 중 하나이겠지만 내게는 이승을 떠난 우리의 이웃 같기도 했습니다. 아직 걸어갈 길이 멀었는데 바위의 마지막 흔적 앞에서 애도하는 마음으로 또 한참을 머물었습니다.

참, 생각하니 오묘합니다. 그곳을 발견한 사람들은 어떻게 돌멩이들과 크고 작은 바위들을 보며 인생을 되짚어 볼 수 있었을까요? 그 시간 또한 신이 내게 주신 소중한 시간이었음을 감사할 따름입니다. 마르쿠스 아우렐리우스의 명상록에 이런 시가 있습니다.

당신은 배에 탔습니다.

당신은 항해를 했습니다.

당신은 해변에 도착했습니다.

이제 내리십시오.

데스밸리에서 바위들의 생을 보고 온 후 나는 매일 감사해 합니다. 황량한 그곳에서 만난 바위들과 돌멩이들은 나에게 어떻게 삶을 살아왔는지 다시 한 번 뒤를 돌아보게 해 줍니다. 그리고 내 앞에 나 있을 미지의 길을 어떻게 걸어가야 할지 차분히 정리하고 계획하는 시간을 갖게 해 주었습니다.

커피 맛이 왠지 더 깊습니다. 깨달음 뒤끝이라서일까요?

때론
생이 슬프다고 울었을 터,
때론
생이 기쁘다고 웃었을 터,
당신에게로 가는 길에
작은 들꽃 한 송이를 보고도
얼마만큼 감사할 수 있었는지······.

〈인생〉

담쟁이넝쿨

담벼락을 덮었던 넝쿨이 허물어지고 있습니다. 십이 년간 안간힘을 쓰며 버텼나 봅니다. 풍성해진 넝쿨 품으로 들쥐들이 찾아들어 집을 짓고 새끼들을 까고 그러더니만 몇 주 전부터 넝쿨은 제 무게의 한계를 보여주고 있습니다.

그런데 가만히 들여다보면 무너져가는 넝쿨 뒤로 새 넝쿨들이 초록빛 작은 손들을 뻗쳐 담을 꽉 잡고 있는 것이 보입니다. 무너질 때 또 다른 희망이 있다는 걸 보여주기라도 하듯 어린 손들은 담장을 꽉 잡고 있습니다.

인생사도 마찬가지입니다. 일에 무너지고 사람 관계에 무너질 때 숨겨져 있는 다른 손으로 다시 살아갈 힘을 잡습니다. 절망이다 싶을 때 희망을 놓지 말라고 어린 담쟁이넝쿨이 말합니다. 법정 스님의 책 『오두막 편지』에 이런 글귀가 있습니다.

"우리들이 인간의 가슴을 잃지 않는다면 이 세상은 얼마든지 밝은 세상이 될 수 있다. 그러나 우리가 그 가슴을 잃게 되면 아무리 많이 차지하고 산다 할지라도 세상은 암흑으로 전락하고 만다." 이처럼 어느 좌절의 순간 앞에서도 가슴을 잃지 않는다면 그곳에서 빛이 보일 것입니다. 그 빛을 움켜잡고 다시 일어날 줄 아는 사람만이 언제 또 닥칠지 모를 풍파에도 흔들리지 않을 것입니다.

자신이 먼지보다 더 작은 존재라고 생각할지 모르지만 또 한편으로는 누구보다도 더 소중한 존재이기도 합니다. 그런 자신이 좌절이라는 파도가 밀려올 때 쉽게 파도에 밀려가 버릴 수도 있지만 그럴때일수록 파도와 싸울 줄 아는 지혜와 힘을 가지고 있어야 할 것 같습니다.

아이들이 모두 대학으로 떠나간 마음을 달래기 위해 15여 년 만에 남편과 고국 여행을 했습니다. 여행 도중에 만난 미국에 사는 한국인 부부가 저에게는 인상적이었습니다. 오십 후반에 접어 든 부부가 같이 일을 하는데 남자의 자신만만함이 참으로 보기 드물게 신선했습니다. 뭐든지 자기 앞에 놓인 것들은 절대 미루는 일 없이 해나간다는 그의 말을 듣고 있는 내내 현재 내 가슴을 아프게 하는 일을 정면으로 돌파해야겠다는 다짐을 갖게 되었습니다.

어느 상황에서나 피하지 않고 맞서서 문제를 해결하면서 살았고, 그런 그의 자신감은 하느님으로부터 왔다는 말을 듣는 순간 가슴에서 뭔가가 출렁거렸습니다. 여행을 마치고 한국을 떠나 올 때 비행기 안에서 미국에 돌아가서 내가 매듭지어야 할 마무리 문제를 생각하다가 그분처럼 든든한 하느님이 내게도 계시는데 무얼 겁내는가? 그렇게 생각을 하니까 나의 수치를 세상에 드러내면서까지 잘못된 점은 바로 잡아야겠다는 각오가 새겨졌습니다.

레이첼 나오미 레멘의 책 『할아버지의 기도』에도 마음이 얼마나 중요한 것인지 쓰어 있습니다. "마음 안에는 삶의 어떤 체험을 변화시키는 힘이 내재되어 있다. 무슨 일을 하든지 인생의 참다운 의미를 찾고 인생을 완성시켜 나가려면 지식이나 전문성을 추구하는 것 못지않게 마음을 계발하는 법을 배워야 한다. 지식만으로는 인간답게 살거나 남을 위해 봉사할 수 없다. 그렇게 하기 위해서는 우리가 쓴 가면을 벗어 던져야 한다."

나는 어떤 가면을 쓰고 있을까요? 내재되어 있는 또 다른 나의 모습을 그대로 드러내 놓기를 할 수 있다면 지금 나를 둘러싸고 있는 잘못된 점을 바로 잡을 수 있을 것입니다. 그것이 설령, 내 가슴이 칼에 베이는 듯이 아플지도 모르지만 말입니다.

어느 모습으로든 어느 사람에게든 살아가면서 갖아야 할 힘과 용기를 주시는 하느님께 감사하면서 담쟁이넝쿨을 보며 썼던 졸시 '기도'를 올립니다.

화려함 뒤에 슬픔을 볼 줄 알게 하소서
힘차게 뻗어가는 담쟁이넝쿨 뒤에서
소리 없이 죽어가는 수많은 또 다른 넝쿨의 손들을
볼 줄 알게 하소서
누군가의 마음을 얻으려고 노력하기보다
가랑비에 옷이 젖듯이 내 사랑이 그에게 젖어들게 하소서
빛나는 광채로 변모하신 예수님만 보기보다는
사람의 아들로서 아버지의 뜻에 따라야 하는
고뇌의 시간을 볼 줄 알게 하소서

키가 커질수록
야심과 욕심도 커져만 갔습니다.
다시 작아지고 싶어
붉어집니다.

〈붉어지는 이유〉

미안하다는 말

미안하다고 말할 때를 놓치고 자신의 발등을 찧는 사람들의 모습을 종종 봅니다. 자신의 잘못과 실수를 인정하는 것은 앞으로 똑같은 실수나 잘못을 다시는 되풀이하지 않는다는 약속과도 같은데 자존심이 상한다는 이유로 미안하다는 말을 숨겨버리는 경우가 있습니다. 신달자 시인은 책 『사람이 풍경일 때처럼』에서 이렇게 서술했습니다. "우리는 너무 다정한 말에 인색했다. 나는 생각한다. 내가 만나는 사람들에게 적절하게 때를 놓치지 않으면서 미안하다고 말했는지. 이것이 지금 나에겐 문학에 기울이는 만큼 특별한 관심이며 노력해야 할 부분일 것이다."

물론 미안하다고 쉽게 말하는 사람은 아무도 없을 것입니다. 아무리 어린 사람에게라도 자신의 실수를 인정하고 미안하다고 말하는 사람에게 거짓이라고 말하는 사람은 없을 테이지요. 미안하다는 말보다 더 상대방에게 진심을 전달하며 또 상대방의 진심도 얻을 수 있는 말은 없다고 생각합니다.

주위를 둘러보면 어떤 사람은 다른 사람에게 생채기를 남기고도 미안하다는 말을 하지 않는 것을 종종 볼 수 있습니다. 자신의 잘

못을 인정하지 않는 것이거나 아니면 잘못을 보지 못한 것이겠지요. 그런가 하면 또 어떤 사람은 아무리 나이가 어린 사람에게도 조금만 실수를 했다고 여겨지면 곧바로 미안하다는 말을 건넵니다. 그 사람에게서는 사람을 소중히 여기는 마음을 엿볼 수 있습니다.

어느 날 뒤뜰에서 놀던 강아지 애니와 비를 유심히 본 적이 있습니다. 애니와 비가 놀다가 비가 애니에게 뭔가 잘못을 했는지 애니는 비에게 으르렁거리면서 목덜미를 물었습니다. 그때 비는 죽는다고 깽깽거리며 애니에게서 도망쳤습니다. 그런 지 십여 분 정도 지났을 때 애니가 담벼락 밑에서 웅크리고 앉아 있는 비에게로 가더니 비의 얼굴을 핥는 것이었습니다.

그 모습을 보다가 동물도 자기의 못된 행동을 반성하고 미안함을 표현하고 있다는 것을 깨달았습니다. 동물도 이럴진대 하물며 사람이 자신의 언행으로 누군가의 가슴에 상처가 남겨졌을 것이라고 생각될 때 미안하다는 말을 하지 않는다면 무뎌진 마음으로 영영 사과를 못하는 철면피적인 사람이 될 것입니다. 그 반면 미안할 땐 '미안해요'라고 말할 줄 아는 사람이라면 자신을 향한 반성 또한 진지하게 하는 사람일 것입니다.

"내가 너를 얼마나 사랑하는지 아니?" 이 말은 달콤합니다. 하지만 너무 자주 쓰다 보면 사랑의 가치성이 떨어진 듯 느껴집니다. 하지만 "내가 너에게 얼마나 미안했는지 몰라" 달콤하지는 않지만 이 말엔 영혼을 깨우는 진정성이 담겨 있습니다. 자기의 잘못을 인정하는 말이기 때문일 것입니다.

이렇듯 미안하다는 말은 마음을 상대에게 전하는 가장 다정하고 소중한 말입니다. 헤겔은 이렇게 말했습니다. "마음의 문을 여는 손잡이는 마음의 안쪽에만 달려 있다." 이처럼 누군가에게 향한 미안함은 오직 자신만이 알고 있습니다.

미안하다고 말할 때를 놓치지 말고 진심을 담아 먼저 미안하다고 말해 보세요. 상대방도 분명 '나도 미안해'라고 마음의 문을 열어 줄 것입니다.

"미안합니다."
말한 뒤에서야 비로소
한 걸음씩
당신에게 다가간다는 것을
잊지 않게 하소서!

〈기도〉

축복 세기

"네가 누리는 축복을 세어보라!"(Count your blessing!) 장영희 교수의 책 『살아 온 기적 살아 갈 기적』을 읽다가 가슴에 머문 글귀입니다. 축복이라고 하면 우리는 언뜻 거창한 것을 생각할 수가 있습니다. 돈을 많이 벌게 해 준다든지, 좋은 집에서 호의호식하며 산다든지, 또는 자손이 잘되는 것에 축복의 의미를 두는 것이지요.

나에게 있는 축복은 과연 얼마나 있을까요? 두 눈으로 볼 수 있는 축복, 들을 수 있는 축복, 말할 수 있는 축복, 향기를 맡을 수 있는 축복, 만질 수 있는 축복, 가고 싶은 곳을 맘껏 걸어갈 수 있는 축복, 잠잘 수 있는 축복…… 마지막으로는 심장이 뛰는 축복입니다. 어느 날 세어 본 축복들은 온전히 하느님께서 나에게 주신 은총의 선물들입니다. 옛날 어르신들께서 '몸만 건강하다면 어디서든 밥벌이는 할 수 있다'고 말씀하셨습니다. 물론 몸이 건강해야 합니다. 그러면 세상 어디서나 능력을 펼칠 수가 있을 테니까요.

하지만 육체적인 건강보다 정신적인 건강을 잃어서 세상을 떠나는 이들도 적지 않다는 걸 우리는 알아야 합니다. 지상에서 더 살고 싶어도 사랑하는 사람들과 이별을 해야 하는 사람들은 하루라도 더 살고 싶은 간절한 기도를 할 것이니까요. 언젠가 가족들을 데리고 미국으로 이민을 왔다가 잘나가던 사업이 망하게 되자 자동차에 불을 질러 가족 모두 자살을 하는 기사도 읽었습니다. 그럴 때 돈이 뭐길래 아이들까지 저승으로 가야 하나 생각하면서 가슴 아파했던 기억이 있습니다. 그 순간만을 보는 사람들은 희망을 돈에 더 두었기 때문일 것입니다.

또 어떤 이들은 얼굴이 다른 사람들보다 안 예쁘다고 믿으며 자꾸만 움츠러들고 세상 밖으로 나갈 용기를 잃습니다. 이것은 '상대적 빈곤감'입니다. 비교함으로써 스스로 부족함에 빠지는 현상이지요. 외모보다 예쁜 마음이 있다는 걸 잊어서는 안 될 것입니다. '얼굴값도 못 한다'는 말이 있듯이 얼굴에 칼을 대어서 예쁘게 만들기는 할 줄 알면서 마음 밭은 가꾸질 않아 잡초만 무성하게 키운 사람들을 간간이 볼 수 있습니다. 그런 사람과 만나고 돌아오는 날이면 내내 한숨이 길게 나오곤 하지요.

그 반면에 외모는 수수하지만 다른 사람에게 향하는 마음씀씀이가 아름다워서 그 사람을 만나면 아주 오래도록 헤어지기 싫은 사람이 있습니다. 상대방을 배려함이 배어 있고 세상을 긍정적으로 보는 마음 옆에 내 마음을 앉혀 두면 어느새 그 사람에게 내 마음이 물들어 편안해지는 것을 발견합니다.

조금 다른 면이 있지만 생텍쥐페리의 『어린왕자』에 나온 구절을 옮겨 봅니다. "세상에서 가장 어려운 일이 뭔지 아니?" "흠, 글쎄요. 돈 버는 일? 밥 먹는 일?" "세상에서 가장 어려운 일은 사람이 사람의 마음을 얻는 일이란다. 각각의 얼굴만큼 다양한 각양각색의 마음을……. 순간에도 수만 가지의 생각이 떠오르는데 그 바람 같은 마음이 머물게 한다는 건 정말 어려운 거란다." 이 책에서의 대화는 그저 대화에 지나는 것이 아닙니다. 세상에서 가장 힘든 일은 사람의 마음을 얻는 것이라 강조하는 것입니다.

홀로 남아 떨고 있는 나뭇잎처럼 사람들로 둘러싸여져 있어도 외로워하는 사람을 종종 볼 수 있습니다. 그 사람은 사람 마음을 얻지 못한 것이기 때문에 사람들이 있는데도 외로움을 느끼는 것입니다. 프로이트가 '군중속의 고독'이란 말을 했듯이 말입니다.

사람의 마음을 얻으려면 진실한 내 마음을 먼저 그에게 보여주어야 할 것입니다. 그래야 상대방도 내게 그의 마음 문을 열어줄 테니까요. 마음을 나눈다는 것도 커다란 축복입니다. 따지고 보면 이 세상을 살아가면서 내게 있는 모든 것들은 축복입니다. 내게 머문 축복은 뒤뜰에 피어 있는 민들레와 서늘한 늦가을 기후에도 청보라빛 로즈메리 꽃이 피어 있는 것을 보는 것입니다. 그리고 집 앞을 달려가는 자동차 소리도 듣는 것입니다. 또 아침 커피 향기를 맡는 것입니다.

가끔씩 내 몸이 축복이라는 것을 까먹고 자꾸만 허공에 손을 뻗고 있는 자신을 발견할 때가 있습니다. 그럴 때마다 내가 누리는 축복을 세어 보려고 합니다. 늘 나와 함께하기 때문에 잊고 사는 축복들. 내 몸이 축복이라고 믿고 산다면 폭풍 치는 시간 앞에서도 그 폭풍을 견딜 수 있는 힘이 샘솟지 않을까요?

뒤돌아보니
축복 아닌 것이 없습니다.
밤하늘에 별들이
반짝이는 이유입니다.

<축복>

포옹

"포옹은 치료다.(hug is healing)"라는 글귀를 프리웨이로 들어설 때 옆 커다란 간판에서 읽었습니다. 의사가 환자를, 나이 든 여자가 젊은 여자를 포옹하는 사진 밑에 있는 글귀를 보는데 순간 가슴이 뭉클해집니다.

미국에 처음 시집와 살면서 포옹하는 것이 이 나라에서는 인사라는 걸 알았을 때 무척 쑥스럽고 어색했습니다. 하지만 이십오 년이란 세월을 이곳에 살다 보니까 이제는 누구하고나 만나고 헤어질 때 포옹을 하며 지냅니다. 포옹에는 '사랑한다'는 의미가 담겨 있고 '당신과 함께합니다'라는 의미가 담겨 있습니다. 포옹하는 자체는 그런 말들을 대신하는 몸짓입니다. 말보다 때론 몸짓으로 상대방에게 건넬 때 더 정이 가고 닫혀졌던 마음이 열린다는 것을 나는 친구가 내게 해 주었던 포옹으로 알게 되었습니다.

아주 억울한 일이 생겼을 때 나를 따뜻하게 포옹해 준 친구 덕분에 가슴 문이 활짝 열려 엉엉 울어버린 적이 있습니다. 내가 겪는 아픔의 시간을 친구의 말없는 몸짓으로 함께한다는 위로를 받으며 한결 가슴이 가벼워졌던 것을 기억합니다. 그때 힘든 시간을 나와 함께해준 친구는 지금도 밤하늘의 별처럼 내 가슴에서 반짝입니다.

또 내 부끄러운 잘못을 딱 한 번 야단치고는 가슴으로 꼭 안아주는 남편도 그렇습니다. 내 실수의 부끄러움으로 다음 날의 아침을 맞이하기 힘들 때 이부자리 속에서 나를 안아주던 그 사람의 든든함은 내게 실수를 딛고 일어날 줄 아는 용기를 가르쳐 주었습니다. 포옹은 얼음처럼 굳었던 마음을 녹여준다는 것을 누구나 한 번쯤은 경험해 본 일이 있을 것입니다. 사는 데 지치고 관계에서 지쳐 있을 때 하느님의 포옹은 어떻습니까? 그분이 무한한 자비로운 포옹을 하신다고 느낄 때 우리는 거친 세상에서 살아갈 자신을 얻고 지혜를 얻습니다.

어느 해 여름이었습니다. 호스피스 병동에 있는 지인을 찾아 간 적이 있습니다. 병실에 들어서자마자 나는 그녀에게 다가가 아무런 말도 하지 않고 포옹을 했습니다. 뼈만 남아 있는 그녀는 온전히 내게 몸을 의지하며 울었습니다. 아무런 말없이 한참을 울고 난 뒤 내게 건네던 그녀의 말이 아직도 생생히 남아 있습니다. "고마워요. 이토록 나를 아껴주어서요." 이렇듯 말보다 그저 포옹해 주는 그 자체가 그 사람에게는 커다란 고마움이 되고 진한 사랑을 느끼는 것을 나는 그녀를 통해 보았습니다. 지금 그녀는 고통이 없는 하늘나라로 가고 없지만 그녀가 내게 한 그 마지막 말은 살아서 아직까지 나와 함께 머물고 있습니다.

뉴욕 주인 버펄로에서 살던 때였습니다. 미국 할머니에게 영어를 배우고 있던 초기에 수줍어하며 말하기를 부끄러워하던 나를 할머니가 포근하게 안아 주었던 때가 있었습니다. 그런데 그때 나는 이루 말할 수 없는 커다란 위안과 용기를 갖게 되었습니다. 아무 말 없이 짧은 시간 동안의 포옹이었지만 내게 할머니는 미국인들은 한 국말을 할 줄 모르니까 너도 그들 말을 하지 못한다는 것에 너무 부 끄럽게 생각하지 말라고, 오늘보다 내일은 더 자신 있어질 것이라고, 이렇게 격려해 주는 것 같았습니다.

창밖은 바람이 붑니다. 천지에 불고 있는 봄바람처럼 미움을 잠재 우고 설움을 잠재우고 실수를 덮어주는 포옹을 아낌없이 주위의 사 람들에게 하면 어떨까요? 포옹은 육체적인 병까지도 고칠 수 있는 특효약입니다. 마음이 편안해야 육체적인 병도 나을 수 있을 테니까 요. 봄바람이 부는 이 시간을 놓치지 말고 오늘 만나는 모두에게 포 옹을 해 보세요. 참 좋은 일들이 기적처럼 일어날 것입니다.

그림자는 미움을 버릴 줄 압니다.
그림자는 존재의 자유로움을 압니다.
그림자는 겸허해질 줄 압니다.

〈그림자〉

나무들처럼

단풍으로 물든 고국에 갔습니다. 시월 즈음이면 강산이 울긋불긋한 단풍으로 물들었던 기억을 붙들고 일부러 시월 중순에 고국 여행길에 올랐습니다. 비록 여행사를 통한 여행이지만 십오여 년 만에 가보는 고국이라 비행기가 인천국제공항에 착륙하기도 전부터 낡은 가슴은 세차게 뛰었습니다.

인천에서 서울로 올라가는 도중의 길들은 쓰레기 하나 없이 깔끔하게 정돈되어 있었고, 조용하게 떠오르는 아침 태양 사이로 비추는 아파트 건물들이 어느 산보다도 더 높이 솟아 있어서 놀랐습니다. 광화문에서 여행 버스가 다른 여행 손님을 기다리는 동안 남편과 나는 차에서 내려 커피숍을 향해 달려가기도 하고 우두커니 이순신 장군의 동상이 보이는 길가에 서 있어 보기도 했습니다. 아, 그 냄새입니다. 처녀 때 실컷 맡으며 살았던 공기 냄새. 뭐라고 딱 꼬집어 표현하기는 힘들지만 잊은 줄 알았던 그 냄새를 다시 찾았다는 기쁨에 두 팔을 벌리고 깊게 호흡을 들이쉬었습니다.

사람들은 바쁘게 출근 버스에 올라탑니다. 버스들은 꽉 찬 사람들을 태우고 이리저리 달립니다. 사람들은 추워서 장갑도 끼고 두꺼운 외투를 걸치고 종종걸음으로 다니지만 나는 가는 사람들을 붙잡고 괜히 말을 걸어 보고 싶었습니다. 그리고 '안녕하세요?'라고 인사도 건네 보고 싶었습니다.

가슴 부푼 첫날이 버스에서부터 시작되었습니다. 경기도로 들어서니까 길가에 단풍잎들이 눈에 띄었습니다. 저만치 지나치는 산들은 중턱까지 울긋불긋합니다. 쌉쌀한 가을에게 잎들을 물들여 내어 놓을 줄 아는 나무들의 모습을 보며 문득 도종환 시인의 시가 떠올랐습니다.

버려야 할 것이

무엇인지를 아는 순간부터

나무는 가장 아름답게 불탄다.

제 삶의 이유였던 것

제 몸의 전부였던 것

아낌없이 버리기로 결심하면서

나무는 생의 절정에 선다.

〈단풍드는 날〉 중에서

그렇습니다. 버려야 할 것이 무엇인지 아는 순간부터 가장 아름답게 불타는 나무들처럼 내 안에서 버려야 할 것이 무엇인지를 아는 순간 참된 자유로 하늘을 아름답게 바라볼 수 있을 것입니다. 나무들은 가장 아름다운 것을 버리면서 자유로워지지만 우리는 가장 고통스러운 걸 버리면서 참된 자유를 찾아보면 어떨까요? 그것이 미움일 수도 욕망일 수도 상처일 수도 있습니다. 이 가을, 여러분과 나의 가슴에 안고 있는 가장 힘든 것을 버리면서 눈부시게 불타길 희망합니다.

나무처럼 누군가에게 배경이 되어 주는지
나무처럼 누군가를 격려해줄 줄 아는지
푸른 하늘을 보며 가만히 뒤를 돌아봅니다.
　　　　　　　　　　　　〈뒤돌아보기〉

사랑과 사랑 사이

우리는 사람 사이에서 살아갑니다. 사회 속에서 사는 이상 사람들 사이에서 살아가지 않는 사람은 없습니다. 그런데 사람과 사람 사이에서 어떤 모습으로 나 자신이 서 있느냐 하는 것은 한 번쯤은 꼭 깊이 생각해 볼 필요가 있습니다.

정호승 시인은 〈외로우니까 사람이다〉라는 시를 썼습니다. 가끔 친구들과 수다를 떨다가도 갑자기 외로워질 때가 있습니다. 말문을 가만히 닫고 있으면 방금 전까지 같이 웃으며 수다를 떨던 친구들이 다들 다른 세상 사람들 같고 나에게 이방인처럼의 외로움이 밀려들 때가 있습니다.

노인 아파트에 가면 외로움에 절은 눈빛을 많이 볼 수 있습니다. 마치 배추가 소금에 절여져 있는 것처럼 노인들의 눈빛은 외로움에 절여져 있습니다. 어떤 노인에게는 자식들이 아무도 찾아오질 않는다고 합니다. 명절날에도 하물며 아플 때에도 누구 한 명 찾아와 주지 않는답니다. 연고자가 있느냐고 물어도 노인의 입은 이미 오래전에 외로움에 사무쳐 말을 못한답니다.

너무 외로워서 유서를 써 놓고 생을 마감하는 노인들도 간혹 있다고 합니다. 외로움에 절은 사람들은 누군가 자기에게 말을 붙이기라도 하면 기다렸다는 듯이 붙잡고 말을 하기 좋아합니다. 보통 할머니 할아버지들이 그렇습니다. 아무도 이야기를 들으려고 귀를 기울이지 않아 외로움을 달래려고 거리에 나왔다가 어떤 사람과 말문이 트이면 봇물 터지듯 이야기들을 쏟아냅니다. 그 사람은 심장이 도려내지는 아픈 외로움이 있기 때문에 말을 거는 것입니다. 세상에게 자기 말을 들어주라고 외치는 것입니다.

또 가장 믿었던 사람에게 거짓과 배반이란 상처를 입게 되면 외로워집니다. 뼈 시린 외로움에 빠져 버리게 되어 눈물로 몇날 며칠의 밤을 지새우게 됩니다. 법정 스님의 『오두막 편지』에 이런 글이 있습니다. "진정한 친구란 두 개의 육체에 깃들인 하나의 영혼이라는 말이 있다. 그런 친구 사이는 공간적으로 멀리 떨어져 있을지라도 결코 멀리 있는 것이 아니다. 바로 지척에 살면서도 일체감을 함께 누릴 수 없다면 그건 진정한 친구일 수 없다."

이 글을 읽으면서 '두 개의 육체에 깃들인 하나의 영혼'이라고 믿었던 사람이 상처를 줄 때 우리는 깊은 슬픔과 외로움에 빠지게 됩니다. 삶의 방향과 신앙, 사랑을 모두 그 사람과 나누고 나면 마음이 하나가 될 줄 알았기 때문에 겪는 아픔과 외로움은 더욱 더 깊은 것입니다. 그리고 그럴 땐 또 다른 사람을 만나야 합니다. 사람에게 상처받은 마음을 사람에게서 위안을 얻는 것도 좋은 치유법 중 하나라고 생각합니다.

니체의 말이 생각납니다. "나를 화나게 하는 것은 당신이 거짓말을 했다는 사실이 아니라 이제 내가 당신을 믿을 수 없게 되었다는 사실이다." 살면서 서로 마음이 맞는 사이처럼 느껴졌지만 점점 만날수록 아닌 경우가 있습니다. 그럴 때에는 상대방을 떠나기 위해 거짓의 상처를 남기는 일은 없어야 할 것입니다. 그리고 진심을 나누었던 친구를 배려하면서 그 친구에게서 떠나가는 것이 사람과 사람 사이의 도리인 것이지요. 하지만 우리 주위에는 그렇지 않은 사람이 종종 있습니다. 그는 사람과 사람 사이를 보기보다는 자기만 보기 때문이지요.

법정 스님의 글을 또 한 번 껴안고 살아 볼 필요가 있습니다. 희망을 놓아서는 안 되는 것이니까요. 두 몸에 하나의 영혼이 깃들 수 있는 사람을 언젠가 또 만나리라는 희망을 갖고 망망한 세상을 힘차게 살아가 볼 것입니다. 사람과 사람 사이에 내가 있으니까요 그리고 이 세상은 넓으니까요.

사이에는
거리감이 필요합니다.
사이에는
존중함이 필요합니다.
사이에는
나눔이 필요합니다.

〈사이의 조건〉

사라진 말, 말

　서울에 가서 지하철을 탔습니다. 그 옛날 지하철보다 훨씬 깨끗했습니다. 그런데 적막했습니다. 너무 시끄럽게 떠들어서 조용히 하자는 캠페인까지 했던 그 옛날 지하철 안과는 달리 침묵만이 가득 차 있습니다. 학생들이건, 어른들이건 모두 아이폰에 이어폰을 꼽고 뭔가를 열심히 보거나 또 게임을 하거나 또는 누군가에게 문자를 주고받고 있을 뿐 맛깔나고 시끄럽던 말들이 사라져 버렸습니다.

　멋진 총각이 탔습니다. 그러나 누구 한 명 그를 바라봐 주는 이가 없습니다. 또 어여쁜 아가씨가 멋진 옷과 백을 들고 탔습니다. 역시 누구 한 명 눈길을 주지 않습니다. 마치 얼음나라에 있는 듯했습니다.

말이 너무 많아 말을 떠나고

싶었던 때가 있었네.

말이 너무 많아

마음이 값싸게 느껴지던 시절

우울하면 말을 마시고 말을 주절대기도 했네.

말은 또 다른 말을 낳아서

때론 칭찬의 싹을 틔우고

때론 상처의 흔적을 남겼네.

말이 사라지기를 바라는

사람들의 기도를 들으며

말은 차가운 기계 속으로 들어가 버렸네.

말문을 굳게 잠그고

무거운 마음만 들고 다니는 사람들

아무도 모를 마음만 안고 다니다가

기계가 될까 걱정이네.

졸시 〈말〉 전문

지하철엔 말쑥하게 차려 입고 자기 세계로 들어가 버린 사람들만 있었습니다. 나와 남편만 이야기를 하고 있었는데 그것도 시끄러운지 가끔 어떤 아주머니가 눈을 흘깁니다. 나는 그 옛날이 그립습니다. 학생들은 학생들대로, 엄마들은 엄마들대로, 시끄럽다고 조용히 하라고 누군가의 고함소리를 들으면서도 손을 가리고 수다를 떨었던 그 시절이 말입니다. 소리란 소리는 모두 사라져 버린 듯 가끔 누군가의 헛기침소리만 적막을 깨고 들려왔습니다.

그때였습니다. 어디선가 고운 목소리가 가늘게 들려왔습니다. 고개를 옆으로 돌려 조금 먼 곳을 바라보았습니다. 언제 탔을까요? 교복을 예쁘게 입은 여학생 둘이서 이야기를 나누며 웃고 있었습니다. 아! 사람의 목소리가 그토록 아름다운 줄 정말 몰랐습니다. 마치 천상의 천사들의 말소리인 것 같기도 하고 새들이 고운 소리로 재잘거리는 것 같기도 했습니다. 목소리가 아직 살아 있었구나 싶어 나도 모르게 입가에 미소가 번졌습니다.

말이 없어져 버린 세상이 싫다며 아직까지 아날로그 손전화기를 고집하는 내가 참, 잘하고 있다는 뿌듯한 생각까지 들었습니다. 다들 너무 편하다고 자랑하는 갤럭시나 아이폰으로 바꾸지 않으리라 맘먹고 지하철에서 내리면서 그 여학생들이 너무 예뻐서 다시 한 번 그들의 얼굴을 보았습니다. 노란 해바라기 같았습니다.

누군가가 던진 말로
가슴에 구멍이 나 있을 때
누군가 건넨 위로의 말로
구멍 난 가슴을 기울 수도 있습니다.

〈누군가〉

하나+하나=하나

광고판이 눈에 들어옵니다. 하나+하나=하나라고 써져 있는 광고판 앞에서 가슴이 한동안 머물었습니다. 아마도 부부를 뜻하지 않을까 하는 생각에 미치면서 고개가 끄덕여졌습니다. 무촌이라는 말이 있듯이 둘인 것 같은데 한 몸인 사람들이 부부이니까요. 나와 남편을 보아도 그렇습니다. 직장에서 겪은 고충을 내게 털어놓는 남편에게 나는 무작정 남편을 힘들게 하는 직장 동료를 욕해 줍니다. 내가 겪은 일처럼 분통이 일고 입에서는 육두문자가 저절로 나와 버리고 말지요. 그 순간에는 나의 지성은 사라져 버리고 남편과 한 마음이 되어 버리는 순간이 분명 있습니다.

부부는 살면서 서로가 닮아간다고도 합니다. 결혼 초에는 닮은 구석이라고는 하나도 없다고 확신했는데 그의 모습을 어느 순간 내게서 발견하고 또 내 모습을 그에게서 발견하면서 놀란 적도 있습니다. 또 결혼 초에는 닮았다는 소리를 듣지 못했는데 점점 사람들은 나와 남편이 닮았다고 말합니다. 그러면 둘이 서로 바라보면서 씨익, 웃은 적도 있습니다.

장마철에 우산을 받치고 혼자 종종걸음으로 가는 그림보다는 비록 얼굴을 볼 수는 없지만 두 몸이 우산을 받치고 빗길을 가는 것을 보면 왠지 사랑이 전해져 오기도 하고, 쌍둥이 자전거를 타고 가는 사람들을 보더라도 사랑이 전해져 와서 가슴이 따뜻해집니다. 이처럼 하나보다는 둘은 사랑의 결정체인 것 같습니다.

로스앤젤레스 시내로 가기 위해 170번 프리웨이를 타고 갈 때 있었던 일입니다. 그날은 화창한 아침이었습니다. 밀리는 자동차들 때문에 천천히 웨스턴으로 들어가려는데 길가 덤불에 사람 둘을 보았습니다. 노숙 부부인 것처럼 보이는 두 사람 옆에 가지런히 개어 둔 이부자리가 눈에 띄었습니다. 그리고 그 옆에는 냄비 두 개와 그릇 몇 개가 포개어져 있었습니다.

마치 도심 한복판 길가에서 캠핑을 하고 있는 착각이 들 정도로 노숙자의 슬픈 살림이라고는 전혀 보이지 않았습니다. 반듯반듯한 이부자리의 개킴과 간결한 부엌살림을 훤히 들여다보다가 두 사람에게 내 눈은 다시 돌아갔습니다. 떡칠된 머리를 하고 여기저기 찢어진 티셔츠를 입고서 두런두런 이야기를 나누고 마주 앉아 있는 그들을 보는데 지저분한 느낌보다는 세상에 가장 아름다운 모습이라는 걸 깨닫게 되었습니다.

비록 집은 없어도, 재잘거리는 아이들은 없어도, 한 채의 이불과 몇 개의 냄비와 그릇은 그 부부에게는 세상에서 가장 소중히 지키고 싶은 살림살이일 것입니다. 그들은 그것을 지키려고 알람장치를 하지 않아도 되고 사나운 개를 키우지 않아도 되니, 마음 또한 얼마나 가벼울까요? 그 노숙 부부는 잠시 나로 하여금 현재의 삶을 점검할 수 있는 시간을 준 고마운 사람들이었습니다.

부부는 평생지기 동무입니다. 그가 피곤에 절어서 집에 들어서면 어느새 내 두 눈은 그를 위로하고 있습니다. 그리고 내가 관계에서 힘들어 하며 잠 못 드는 밤에는 그는 팔베개를 해 주며 든든한 위안을 줍니다. 그래서 부부는 한 몸인가 봅니다. 그가 무서운 꿈을 꾸고 있을 때 어깨를 흔들어 꿈에서 깨어 나오게 해 주는 내가 있어 그는 가끔 고맙다고 말했던 기억이 있습니다. 이렇듯 두 몸과 마음은 하나의 몸과 마음처럼 살아가는 것이 부부인가 봅니다.

반 고흐는 부부에 대해 이런 말을 남겼습니다. "부부란 반씩 되는 것이 아니라 하나로써 전체가 되는 것이다."라고요. 부부는 자전거 바퀴처럼 앞에서 굴러가면서 위험한 돌부리가 있으면 피해가는 앞바퀴를 뒷바퀴가 따라가는 이치처럼 살아가는 관계인 것 같습니다. 물론 가끔 가장 소중하게 여기며 살아가야 하는 사이임에도 불구하고 치열하게 싸우는 시간도 있습니다. 그런 시간이 있어야 둘은 더 단단히 하나가 되는 것이라는 것을 나는 내 부모님을 통해 봅니다. 옛날에는 같이 있으면 사소한 것으로 잦은 싸움을 하며 지내시더니 팔순이 다가오는 시간에는 서로 없으면 불안해하고 먹을 것도 챙겨주는 모습에 싸움 또한 헛됨이 아니라는 진리를 깨달았습니다.

너무 가깝기 때문에 치열하게 싸우는 부부에게도 그 시간을 잘 지혜롭게 견딜 수 있다면 틀림없이 훗날 더 튼튼한 사랑의 날들이 기다리고 있을 것이라고 확신합니다.

하나+하나=하나! 누가 붙여 놓은 광고판인지 참으로 오묘한 계산법입니다.

옷 한 벌,
숟가락과 젓가락,
두 개의 밥그릇으로도
당신과 나의 사랑을
나누기에는 충분합니다.

〈가난〉

상처

몸에 상처가 나면 아물기 마련입니다. 시간이 흐른 뒤라는 것뿐, 언제고 그 상처는 아물게 되어 있습니다. 하지만 가슴에 난 상처는 오래도록 남습니다.

내 오른쪽 가슴께에는 상흔이 있습니다. 초등학교 때 내 가방을 들어주던 착한 남자 아이가 육 학년이 되자 더 이상 가방 들어주는 것을 못 하겠다며 결투를 청해왔습니다. 나는 그때까지만 해도 탐보이 같은 여자아이이어서 두 번 생각할 겨를도 없이 싸우자는 통보를 보냈고 며칠 뒤, 그와 나는 치열한 격투를 벌였습니다.

그런데 그때 내 몸은 변화가 있었습니다. 조숙한 탓에 이미 브래지어를 하고 달거리도 시작했던 때였습니다. 나는 그를 이기려고 무지막지하게 덤벼들었습니다. 그런데 그가 내 오른쪽 가슴을 옆 발차기로 뻥 찼습니다. 순간 대낮이었는데도 눈앞엔 커다란 별이 보였고 그대로 풀썩 주저앉고 말았습니다. 그때의 아픔은 태어나서 처음이었던지라 일어날 수가 없었고 그에게 보기 좋게 패하고 말았습니다. 엉엉 울면서 엄마에게 벌겋게 부어오른 가슴을 보여주면서도 부끄러움보다는 싸움에서 졌다는 분함이 더 컸던 철부지였습니다.

결혼을 해서 아이 셋을 낳아 기르면서도 그가 남긴 상흔으로 나는 매넌마다 유방암 검사에서 재검사하라는 통지를 받습니다. 나이가 오십이 되어가도 그가 남긴 상흔은 내 가슴에 남아 그때의 일을 생생하게 떠올려 줍니다. 이렇듯 남이 내게 남기고 간 상흔들은 여기저기 남아 있습니다. 잊어먹고 있기 때문에 숨 쉬며 살 수가 있는지도 모릅니다.

하느님은 사람에게 망각할 수 있는 선물을 주셨습니다. 가장 커다란 선물인 것 같습니다. 그렇지 않으면 수많은 상처를 곱씹고 곱씹다가 아마도 스스로 죽음을 택할지 모르기 때문입니다. 여자가 아이 낳을 때의 아픔을 잊어먹기 때문에 다음 아이를 가질 생각을 하는 것이 아닐까요? 뼈가 으스러지고 살이 찢기는 아픔을 잊어먹지 않는다면 세상 여자들은 그 누구도 재출산을 거부할 것입니다.

사막에 사는 자시와나무를 생각합니다. 삭막한 사막에서 자신을 지키기 위해 얼마나 강해져야 했겠습니까? 뜨거운 태양으로 인해 온몸이 타들어가는 상처를 몸으로 안아야 하는 외로움을 딛고 선 뒤에서야 비로소 나무는 가지를 키우고 생존의 수단으로 몸에 가시들을 돋게 하면서 견딜 수 있는 것입니다. 그렇지 않으면 자신이 외로워하기만 하다가는 죽어가게 되므로.

상처라고 생각한 것들도 멀리 두고 보면 별거 아닙니다. 하느님의 특별한 섭리는 상처에 내재되어 있음을 스스로에게 위안을 주면 현재 생겨난 상처에 연연해하지 않을 수 있을 것입니다.

인생을 살면서 중요한 부분이 관계에서의 일들이겠지만 또 중요하지 않은 부분 또한 인간관계에서 오는 것들입니다. 부모자식 관계에서도 상처는 주고받습니다. 부부지간에도 상처는 주고받습니다. 친구와 친구 사이에서도, 이웃과 이웃 사이에서도 우리가 살고 있는 한 누군가와는 상처는 주고받으며 살 것입니다.

　그럴 때마다 나는 자시와나무를 떠올리며 살까 합니다. 사막 같은 세상에서 내가 처해 있는 상황만 억울해하지 말고 그 안에 살아가려는 지혜로 무장을 하고 건강하고 밝은 마음을 지침서로 삼아 밝을 내일을 꿈꾸며 산다면 누군가가 남긴 상처도 금세 아물어질 수 있겠다고 생각을 해 봅니다.

　세상은 살 만합니다. 그러기에 많은 사람들이 더 살려고 애를 쓰는 것입니다. 싸우고 지지고 볶으며 살아도 살아 있기에 할 수 있는 것이기 때문입니다. 탈무드에 이런 글귀가 있습니다. "매일, 오늘이 그대의 마지막이라고 생각하라. 매일, 오늘이 그대의 첫 번째 날이라고 생각하라." 이런 마음을 가지고 산다면 폭풍이 지나가면서 남긴 상처 따위에 마음을 온통 빼앗기지는 않을지도 모릅니다.

　톨스토이는 이렇게 말했습니다. "우리는 익숙해진 생활에서 쫓겨나면 절망을 하지만, 실제로 거기서 새롭고 좋은 일이 시작되는 것이다. 생명이 있는 동안은 행복하다." 이처럼 심장이 뛰고 있기에 상처도 받는 것입니다. 나 또한 누군가에게 상처를 주었을 수도 있고요. 상처를 들여다보면 알게 됩니다. 주고받는 상처를 어떻게 치료를 하느냐에 따라 성숙함과 미성숙한 사람으로 나누어진다는 것을요.

　철학자 몽테뉴가 남긴 유명한 말처럼 '일생 중에서 가장 중요한 날이며 다른 모든 날을 결정해 주는 오늘'이 빛나게 차려져 있습니다. 그 빛난 오늘을 맛나게 먹거나 맛없게 먹는 것은 내가 어떻게 하느냐에 달려 있는 것입니다. 오늘의 햇빛으로 가슴에 남아 있는 상처를 치료해 보아야겠습니다.

미움도
상처도
당신과 내가 살아 있기에
생겨났으니 그것마저 껴안고
가면 어떨까요?

〈껴안고 가기〉

유월의 졸업

캘리포니아의 유월 초여름은 졸업의 계절입니다. 밤벌레들이 사람들의 땀 냄새를 따라 살갗에 사뿐히 앉아 쉬는 어제 오후에 졸업식이 있었습니다. 큰아이가 고등학교의 친구들과 기약 없는 이별을 앞두고 악수하며 사 년 동안의 추억을 마음에 묻었던 날이었습니다.

낮의 태양이 얼굴을 서서히 감추던 오후 7시, 졸업식이 시작되었습니다. 살랑살랑한 초저녁 바람을 맞으며 졸업 가운과 모자를 쓰고 늠름한 모습으로 미국 아이들 틈에 묻혀 큰아이가 걸어 나왔습니다. 큰아이가 교장의 호명에 혼자서 걸어 들어와 자리에 앉을 때까지 커다란 스크린에는 그의 어렸을 적 모습과 친구들과 어울린 모습들이 일이 분에 걸쳐 나왔습니다.

저벅저벅 운동장에 깔린 붉은 카펫을 밟고 걸어서 자리에 앉을 때까지 그렇게 잘생기고 믿음직스러운 아이의 모습은 본 적이 없었습니다. 어미라서 그럴까요? 내 입은 한참을 벌어져 다물 줄을 몰랐습니다. 남편은 아이의 소중한 순간들을 카메라에 담느라고 바빴습니다. 넓은 운동장에 발 디딜 틈도 없이 몰려 든 사람들도 저마다 카메라와 예쁜 꽃다발을 손에 쥐고 있었고, 졸업을 축하하기 위해 모인 가족 간의 이야기들은 어두운 허공을 가득 메우고 있었습니다.

마련된 의자에 앉은 졸업생들은 고등학교를 졸업할 때까지 애써 준 가족에게 손을 흔들어 고마움을 보내라는 교장의 말에 모두 일어나 뒤를 돌아보며 가족과 친지들에게 손을 높이 흔들어댔습니다. 그렇게 졸업식은 시작되었습니다. 어느새 어둠이 서서히 깔리고 하늘에는 초저녁 별들이 군데군데에서 나타나 졸업식의 환성을 조용히 엿듣고 있었습니다. 잔디가 곱게 깔린 운동장 구석에서는 다섯 마리의 토끼 가족이 모여 앉아 저녁식사를 하는 모습도 어슴푸레 보였습니다. 해의 길이가 길었기 때문이지요.

미국에 와서 처음으로 보는 밤 졸업식은 무척 평화스러웠습니다. 아이들은 자유스러운 모습으로 서로 얘기도 하고 교장의 말에 가끔은 환성도 지르고 또 학생회장이 송사를 낭독할 때는 다들 일어나 박수치고 서로 껴안고 눈물을 훔치기도 했습니다. 그 모습을 보다가 한국에서의 내 고등학교 졸업식이 문득 떠올랐습니다. 똑바른 줄에 말 한마디 친구들과 나누지 못한 엄격했던 졸업식과는 너무나 비교되었으니까요.

마침내 졸업식의 순서가 막바지에 달했습니다. 졸업장을 교장이 나누어 주고 마지막으로 교장의 축사가 채 끝나기도 전에 학생들은 일제히 일어나 쓰고 있던 졸업 모자를 컴컴한 허공에 벗어 던지며 환성을 질렀습니다. 그러자 그때까지 조용히 앉아 있던 가족들도 우레와 같은 박수와 환성을 날리며 잔디가 곱게 깔린 넓은 운동장으로 몰려들기 시작했습니다.

잔디밭 구석에서 평화로이 저녁식사를 하던 다섯 마리의 토끼를 생각할 겨를도 없이 우리 가족도 순식간에 사람들 파도에 밀려 운동장으로 갔고 큰아이 찾기에 혈안이 되었습니다. 다행히 남편의 눈에 띈 아이는 멀리서 오신 할아버지와 할머니, 두 동생, 그리고 남편과 나에게 달려와서 포옹을 해 주었습니다. 그리고 사진 한두 장 찍더니 아이는 곧바로 학교에서 졸업생들만 떠나는 여행 때문에 사람들 속으로 사라져 버렸습니다.

앞으로 인생에 있어서 몇 번 더 졸업식을 할 수 있을지 모를 아이의 얼굴은 미래에 대한 희망으로 빛이 났고, 그 어느 때보다 자신감이 넘쳐 보였습니다. 자동차를 타고 집으로 돌아오는 길이었습니다. 어둠으로 꽉 찬 창밖이 갑자기 낯설게 느껴지면서 머릿속이 멍해지고 아무것도 생각을 할 수가 없었습니다. 집으로 돌아오는 내내 말이 없던 나를 남편은 한 손으로 등을 토닥거려 주고 손을 꼭 잡아 주었습니다. 남편은 알고 있는 것입니다. 졸업식과 동시에 대학의 삶으로 아이를 떠나보내야 하는 나의 허전한 마음을요.

결혼 초, 세상에 나 혼자 있다는 외로움을 방긋방긋한 미소로 달래줬던 아이. 때론 절망의 순간에서도 재롱을 피우며 나와 남편의 입가에 미소의 우물을 만들어 준 아이. 그런 아이가 이제는 튼튼한 두 날개를 펄럭이며 미래를 향해 홀로 서기에 도전하려 하니 든든함이 하늘을 닿는 듯 컸습니다.

밤하늘의 별처럼 우리에게는 살면서 치러야 할 졸업식이 몇 차례 있습니다. 학교 졸업, 미혼 졸업, 그리고 최종적인 인생 졸업을 우리는 사계절을 맞이하듯 자연스럽게 맞이하고 살아갑니다. 내게는 이제 최종적인 인생 졸업식만 남아 있습니다. 그때도 유월이었으면 좋겠습니다.

찌룻찌룻, 밤벌레들의 합창을 들으며 사랑했던 사람들 배웅을 받으며 조촐하게 삶의 졸업식을 마치면 좋겠습니다. 이것 또한 나만을 생각하는 이기심인 줄은 알지만 남편 앞에 내가 가고 싶고 친구들 앞에 내가 먼저 인생 졸업식을 하고 싶습니다. 영원함을 희망하는 마지막 인생 졸업식에서 사람들에게 비춰진 내 삶의 모습은 어떠할까요?

그날 내 마지막 졸업식에 찾아오는 손님들에게 당부하고 싶습니다. 조금만 슬퍼하고 나와의 좋았던 추억들을 서로 이야기하면서 하느님의 나라로 이사를 가는 나를 잘 보내 주면 고맙겠습니다. 언제고 다시 만날 수 있으니까요. 그렇게 내 마지막 졸업식은 영원한 희망을 품으며 마치고 싶습니다.

아직 아이는 졸업여행에서 돌아오지 않고 있습니다. 주인을 한두 달 묵고 가게 할 아이의 방에 들어갔습니다. 썰렁한 기운이 몸을 감쌌습니다. 나는 아이의 침대에 앉아 봅니다. 그러고는 아이가 집을 떠날 때까지 잔소리를 하지 않을 것이라고 스스로에게 다짐을 해 봅니다. 이런 내 다짐이 얼마나 갈지 모르겠지만 사진 속에서 웃고 있는 아이를 들여다보며 중얼거립니다. "명호야, 엄마는 명호를 참 많이 사랑한다. 어느 순간에서도 네 곁에는 이 엄마가 함께할 거야. 알았지?"

주마등 같은 졸업식을 하면서
인생은 완성되어 갑니다.
종국에 맞이하는 졸업식을
어떻게 치르느냐는 것은
당신이 어떻게 살았는가와
비례함을 잊지 마십시오.

〈졸업식〉

세우지 마시오(NO PARKING)

죄송합니다.

세우지 말라는 표시가 있는 곳에

마음을 세웠습니다.

그 죄를 물으신다면 달게 받겠습니다만

오늘은 어쩔 수 없습니다.

당신의 그늘이 아픔을 덮어 줄 거라고

당신의 따스함이 설움을 감싸 줄 거라고

훈훈한 사랑을 입고

지친 발걸음을 다시 세상에

내딛을 수 있을 거라고

당신의 허락도 받지 않고

무작정,

마음을 세워 두었습니다.

졸시 〈세우지 마시오〉의 전문

보도블록에 빨간 글씨의 'NO PARKING'이란 표시를 보고 난 뒤 쓴 시입니다. 문득 살아오면서 어디에 내 마음을 세운 적이 있었나 생각해 보았습니다. 그것도 세우지 말라는 표시까지 있는 곳에다가 자동차는 세워둔 적 없지만 마음을 세워두었던 적은 틀림없이 있었을 것이기 때문입니다.

나는 그분께 다가가는 법을 무작정 마음 세워두기에서부터 시작했습니다. 어렸을 적에 떼를 쓰는 내게 치아에 나쁘다는 사탕을 사주시던 할머니의 사랑처럼 그분은 떼를 쓰는 나에게 당신 맘 옆 세우지 말라는 표시에다가도 세워 놓게 해 주셨습니다. 그리고 가만히 계십니다. 가끔 바람으로 벌겋게 상처가 난 가슴을 쓸어주시고 또 가끔은 빗방울이란 치유의 약을 상처 난 가슴에 발라주십니다. 그분에게는 참으로 죄송한 일입니다만, 나의 이기적인 생각으로 그분이 얼마나 아파할지 알면서도 마음이 벌겋게 헐어서 쓰리고 아플 때는 슬그머니 마음을 세워 놓습니다.

그분의 마음 옆에 내 마음을 잠시 세워두었다가 일어날 때 나는 새로운 삶의 용기를 얻습니다. 그리고 보이지 않던 희망이란 구름이 하늘에 떠 있는 걸 볼 수 있습니다. 칙칙한 안개로 보이지 않던 길이 희미하게 보이기 시작합니다. 그래서 세우지 말라는 표시를 눈으로는 읽으면서도 마음은 세워둡니다.

우리는 다른 사람에다가 내 마음을 세워 둘 때가 있습니다. 상대방의 향기에 취해서 무작정 그 사람 곁에 차가워진 맘을 세워두었다가 된통 혼난 적도 있습니다. 혜안으로 그 사람의 향기와 나의 향기가 조화를 이루며 향기를 퍼트릴 수 있는가를 깊이 성찰하고 난 후에 세워두어도 괜찮은데 너무 성급한 세워둠으로 인해 서로의 향기에 젖어드는 것이 아니라 평생 만나고 싶지 않은 사이가 되는 경우가 있었음을 고백합니다.

우리 안에 내재하는 하느님의 현존을 의식하면서 평범한 일상 안에서 내 마음을 세워도 될 곳을 귀 기울이고, 청안으로 찾아야 하겠습니다. 그래서 매일이 거룩하고 감사의 순간이 되도록 말입니다. 그분 안에서 나무가 나뭇잎을 키워갈 때, 꽃에게 벌이 찾아들 때 그들은 의미 있는 몸짓을 합니다.

사람에게 마음을 세워두고 나서는 후회도 하고 가시에 찔리듯 아플 때도 있지만 그분께 마음을 세워 두면 후회가 없고 오히려 감사가 넘쳐 납니다. 그것이 그분의 매력입니다. 너무 푸르러서 푸른 물이 떨어질 것 같은 하늘을 보면서 나는 그분이 지은 천지의 매력에 푹 빠질 때도 있습니다. 그래도 늘 지친 마음은 중얼거립니다. "제 마음을 세워두어서 죄송합니다."

가짜의 끝은 어디일까요?
하늘에 기대어 보면
알게 됩니다.
가짜의 끝은 구름과
같이 몇 분 후에
사라져버린다는 것을요.

〈가짜의 끝〉

행복 정석

　많은 사람들은 가톨릭 사제인 이태석 신부님을 기억하고 있을 것입니다. 그분은 아프리카 수단이라는 나라에서 나병 환자들과 또 가난으로 인해 학교를 다니지 못하는 아이들과 환자들을 위해 사시다가 하늘나라로 가신 이 시대의 슈바이처 같은 분입니다. 세상적으로는 머리도 좋으셔서 의과대학에 입학하고서도 아프리카로 선교를 갔던 계기를 잊지 못해 곧이어 그곳으로 가서 그곳 사람들을 돌보고 살다가 암으로 세상을 떠나신 분입니다.

　가톨릭 신자들뿐만 아니라 다른 종교에서도 그분의 삶이 담긴 동영상 〈울지마 톤즈〉를 보면서 가슴 뭉클해지지 않은 사람이 없었으며, 또 그분을 돕는 손길들도 많이 늘어났고 특히 그곳에서 아파서 돌아가실 때까지 수단 사람들을 위해 모금운동을 하셨던 이태석 신부님의 삶을 보면서 그분처럼 살려고 아프리카로 선교를 떠난 사람들도 늘었다고 합니다.

　특히 나병 환자들의 뭉그러진 발에 손으로 직접 만든 신발을 신겨준 모습은 잊히지 않을 것입니다. 그리고 아프리카 아이들과 흙탕물 속에서 멱을 감던 신부님의 모습도 잊을 수가 없습니다. 그만큼 그들도 하느님의 사람들이라는 것을 몸소 실천하신 신부님을 나는 존경합니다.

또 수단 아이들의 밤늦도록 배우려는 의지를 보고 또 그들이 동요 '나의 살던 고향'과 '아리랑'을 악기로 연주하는 것을 보며 펑펑 울었던 것을 잊을 수 없습니다. 배우고 싶어 하는 아이들의 눈망울에서 신부님은 하느님을 보셨던 것입니다. 나병 환자들에게 신발을 만들어 주시면서 신부님은 하느님의 사랑을 실천하셨습니다. 이태석 신부님이 쓴 책 『친구가 되어 주실래요?』 중에는 이런 글이 있습니다.

"아프리카 수단은 거꾸로 가는 세상이다. 모든 것이 우리와는 반대이다. 위치로도 그렇고 주어진 상황이나 삶의 방식도 그렇다. 정말이지 많은 것들이 이곳엔 없다. 전기, 전화, 텔레비전은 물론이고 슈퍼마켓도 없다. 간단한 자동차 부품이나 하다못해 나사못 같은 간단한 것들마저 구할 수 없어 나이로비에서 인편으로 가져올 때까지 몇 달이고 기다려야 한다." 이 글을 읽다가 '거꾸로 가는 세상'에 사는 사람들보다 가진 것이 훨씬 많은 우리는 그들보다 불평과 불만만 더 많지 않나 생각해 보았습니다.

우리가 쉽게 구할 수 있는 것들조차 많은 시간과 인력이 필요로 하는 곳에서 사는 그곳 사람들은 인내와 겸손을 배울 것입니다. 너무 많이 갖고 살고 또 너무 빨리 달려가는 우리가 조금 작게 갖고, 조금 느리게 살아가는 연습을 하면 어떨까요? 그리고 퍼 주어도 퍼 주어도 닳지 않는 따뜻한 미소를 소외된 이들에게 나누고 살면 그것이 행복의 정석이 아닐까요?

토끼처럼 너무 뛰지 말고 거북이처럼 느리게 가면서도 세상을 신바람 나게 사는 법은 터득해야 할 것입니다. 그리고 문명의 발달이 안 되어 있는 아프리카의 사람들을 생각하면서 현재 우리가 누리고 사는 빠른 문명의 결과물들을 아무 생각 없이 사용하기만 하지 말고 조금씩이나마 나누고 살 줄 아는 세상을 만들어 가면 좋겠다는 생각이 듭니다.

언젠가 『좋은 생각』을 읽다 밑줄 쳐 둔 부분입니다. "네 잎 클로버의 꽃말은 '행운'이죠. 우리는 네 잎 클로버를 따기 위해 수많은 세 잎 클로버를 짓밟고 있어요. 그런데 세 잎 클로버의 꽃말이 무엇인지 아시나요? '행복'이랍니다. 우리는 수많은 행복 속에서 행운만을 찾고 있는 것은 아닌지……." 이처럼 행운을 좇다가 행복을 놓치지 않길 바랍니다.

우리를 스쳐가는 세월이 빠른 것처럼 보이지만 사실은 우리가 세월보다 앞서 간다는 사실을 잊지 말면 좋겠습니다. 지금도 아프리카 수단엔 행운과 행복을 모른 채 나눔을 기다리는 아이들이 많습니다. 나누면서 행복해지는 행복 정석을 우리 모두 실천해 보면 어떨까요?

나누세요.
누군가의 나눔으로
당신이 살아가고 있습니다.　　　　　〈나눔〉

아름다운 모습으로

우리 집 뒤뜰에는 애니와 비가 살고 있습니다. 그들은 정반대 종류의 개들이지만 8년이 넘은 세월을 같이 한집에서 사는 모습이 마치 부부 같습니다. 약삭빠르고 영특한 애니와는 달리 비는 미련하고 둔합니다. 밥보다 테니스공을 더 좋아하는 애니와는 달리 비는 밥 외에는 좋아하는 것이 없습니다. 애니는 욕심이 없습니다만 비는 욕심과 시샘이 많은 개입니다.

색깔과 모습과 종류가 전혀 다르지만 그 둘은 떨어져서는 안 되는 사이가 되어 버렸습니다. 사람으로 보자면 오래 세월 살아 온 부부 같은 것이지요. 사람들은 비를 더 예뻐합니다. 왜냐하면 미련하고 둔하고 욕심도 많고 시샘도 많지만 얼굴이 못생겨서 사람들에게 귀여움을 받습니다.

반면에 영리하고 예쁘장하고 욕심도 없는 애니는 사람들이 귀여워하질 않습니다. 사랑받는 것은 제 하기 나름이라는 속담도 있듯이 비는 미련하지만 사람을 귀찮게 하지 않습니다. 그런데 애니는 끊임없이 테니스공을 물어다 날리고 사람들에게 놀자고 조릅니다. 아마도 그래서 사람들에게 귀여움을 못 받는 것이 아닌가 합니다.

모습만 보고 전혀 어울리지 않을 것이라고 여기지만 우리네 생을 들여다보면 꼭 그렇지만도 않습니다. 세상은 다문화시대입니다. 흑인과 백인, 동양인과 흑인, 이렇게 모습이 다르지만 어우러져 살아갑니다. 어느 날 미션성당엘 갔는데 성당 앞마당에 키다리 야자수가 있었습니다. 그런데 그 야자수의 뿌리 부분에 노란 국화꽃이 피어 있었습니다. 혼자 외롭게 하늘만 보고 사는 야자수에게 눈길이 가는 것은 그 노란 꽃이 같이 살고 있기 때문이 아닐까 생각해서 한참을 그 둘의 어우러짐을 눈여겨보았습니다. 만약 야자수만 있었더라면 내 맘을 멈추게 하지는 않았을 것입니다.

노란 국화는 나무 곁에 피어 있으면서 사람들로 하여금 야자나무를 다시 한 번 올려다 볼 수 있게 했습니다. 나무는 국화꽃에게 고맙겠지요. 또 꽃은 나무에게 기댈 수 있어서 고맙겠지요. 국화꽃 혼자만 있다면 나는 그곳에서 사진 한 컷 찍지 않았을 것입니다. 이미 멀리 올라가 버린 나무 곁에서 꽃이 가만히 나무에게 온전히 기대고 있는 모습을 보면서 세상은 어우러져야 아름답다는 진리를 발견한 것입니다.

다양한 모습들이 서로 공존하는 것은 당연합니다. 그리고 그 모습들이 서로 어울려 조화를 이루는 모습을 우리는 아름답게 바라봅니다. 꽃과 나무들도 그렇고 사람들도 그렇습니다. 나와 다른 누군가와 있을 때 내 모습이 더 잘 보이고 그의 모습이 더 잘 보입니다. 우리는 자연이 보여주는 모습을 유심히 깊게 보아야 합니다. 자연을 보고 터득한 배움으로 사람과 사람 사이에서 어떤 모습으로 살 것인지도 깨닫게 되는 것이니까요.

가을입니다. 나뭇잎들이 갈 길을 가고 있습니다. 가을에도 꽃과 나무는 서로 기대어 있습니다. 그런 자연처럼 사람도 다른 이에게 기대어 황량한 세상을 조금 더 따스하게 보내면 좋겠습니다.

햇살처럼,
봄바람처럼,
빗방울처럼,
하늘처럼,
서로의 가슴에 00이 되어 주길······.

〈00〉

십자가와 하늘

우리 집 앞으로 나 있는 118번 프리웨이 옆에는 누군가 세워 둔 십자가가 있습니다. 커다란 바위산 꼭대기에 하늘을 향해 십자가가 서 있습니다. 그 십자가를 보면서 언젠가 만났던 할머니를 떠올립니다. 사는 것이 고해라고 말하는 할머니의 눈빛을 잊을 수가 없습니다. 고국을 떠나 아들 둘을 믿고 미국에 오셨는데 그 아들들에게 외면을 당한 지 몇 년이 되었다며 말끝을 흐리고는 이내 우시던 왜소한 할머니. 며느리들도 할머니를 한 번도 들여다보지 않는다며 깊은 한숨을 내뱉으시던 모습이 떠오릅니다.

신앙을 갖고 있으면 뭐하겠습니까? 주일이라고 교회에 가서 기도하면 무슨 소용이 있겠습니까? 자기의 어머니를 홀로 방치하면서 교회에 가서는 다른 노인들에게 자리를 양보하고 친절한 웃음을 건네면 뭐하겠습니까? 눈물을 닦던 주름진 손이 바르르 떨고 있는 것을 나는 보았습니다. 그 할머니의 가슴에서 몇십 년 동안 껴안고 있던 십자가가 하늘을 향해 부르짖는 것 같았습니다. 하느님에게만 매달리며 무정하고 못난 자식들을 위해 뼈를 깎는 기도는 또 얼마나 하셨겠습니까? 당신 자식들이 부모를 외면하는 자식들이라는 욕을 얻어먹지 않게 하기 위해서 할머니는 교회에 가서 거짓 자식 자랑을 하다 돌아올 때면 그 비참함은 어디에 비기겠습니까?

자식들이여,
그대들 또한 어머니가 될 수 있음을
그대들 또한 자식을 위해 뼈를 깎아내는 듯한
기도를 할 수 있음을 잊지 말게나
허름하지만 빛나는 삶이
어머니 가슴에서 오늘도 남아 있기에
그대들의 지친 가슴에
내일의 태양이 밝게 떠오른다는 것을
부디, 잊지 말게나

졸시 〈자식들에게〉 부분입니다. 나도 자식을 키워보지만 부모이기 때문에 자식을 위해 하는 기도는 세상 무슨 기도보다도 하늘에 빨리 닿을 것입니다. 어머니가 자식을 위해 하는 기도의 힘은 그만큼 크다는 것을, 또 어머니의 기도는 가장 진실하고 간절한 기도인 것을 자식들은 알아야 할 것입니다. 하늘을 향해 서 있는 십자가에 단지 우리의 소망만 올리지 말아야 할 것입니다.

내 주위에서 소외되고 방황하며 그로 인해 피폐해져 버린 모습들도 한 번쯤은 눈여겨 둘러보아야 할 것입니다. 십자가는 내가 짊어지고 가야 할 형틀만은 아닙니다. 예수님이 짊어지며 골고다 언덕까지 올라갈 때 그분은 주위의 모든 사람들을 보시며 오히려 용기를 주셨습니다. 나의 겸손함으로, 나의 가난한 사랑으로, 자식이 무탈하면 좋겠다는 할머니의 힘없는 말을 들으며 할머니의 가슴에 높이 세워진 십자가를 나는 보게 되었습니다.

하늘을 올려다봅니다. 푸른 하늘입니다. 구름 한 점 없는 하늘을 두고 어느 시인은 '죄 한 점 짓지 않을 만큼의 푸른 하늘'이라고 노래했습니다. 그런 하늘 아래 내 십자가는 어디에 어떤 모습으로 세워져 있는지 가슴을 한 번 점검해 볼 참입니다.

폭풍이 칠 때 기도합니다.
잠시라도 내게서 비껴가게
해 주라고.
그분은 기도를 들어주실까요?

〈십자가〉

봄의 유혹

봄입니다. 벚꽃 나무들이 봄노래를 부르고 있는 봄입니다. 뒤뜰 담벼락에 앉아 울어대는 까마귀 소리도 그런대로 들을 만한 것은 봄이 가지고 온 고마움이기도 하지요. 이런 날 김밥을 싸서 소풍이라도 가면 참 좋겠다는 생각을 오전 내내 하면서 집 안에서 창밖만 기웃거렸습니다.

그때, 어디선가 오리 소리가 들려 왔습니다. 새끼 오리 소리도 들리고 굵직한 오리 소리도 들려서 창밖에 두 눈을 내어 놓고 두리번 거렸습니다. 집 앞으로 어미 오리와 새끼 오리 여섯 마리가 뒤뚱거리며 일렬로 바삐 걸어가고 있었습니다. 갈색에 흰색이 조금씩 섞인 어미 오리와 새끼 오리들이 종종걸음으로 콧노래까지 불러가며 가고 있었습니다. 동네 아이들이 몰려들었습니다. 나도 대문을 열고 나가서 아이들과 함께 서서 오리들의 행렬을 보고 있었습니다.

세상에 태어나 처음으로 집밖을 나온 것 같은데 이 일을 어쩝니까? 글쎄, 하늘 언저리에서 까마귀들이 빙빙 맴돌고 있는 것이 아닙니까? 아이들과 나는 얼른 되돌아가라고 손으로 오리들을 몰았습니다. 하지만 어미 오리는 끝끝내 새끼 오리들을 데리고 돌산 어귀로 자꾸만 들어가고 있었습니다. "NO!", "NO!" 우리들의 안타까운 마음을 못 보았는지 어미 오리와 새끼들은 앞만 보고 작은 날개를 퍼드덕거리며 돌산에 꿀이라도 숨겨 둔 것처럼 자꾸만 갔습니다.

무작정 봄볕에 이끌려 집을 뛰쳐나왔나 봅니다. 봄이 저리도 좋은 걸까요? 하늘에서 먹잇감을 찾았다는 듯이 빙빙 돌고 있는 까마귀를 보며 우리는 모두 한숨을 쉽니다. "Oh, my god!" 어떤 아이는 자기 머리를 두 손으로 움켜쥐고 한숨을 쉬었습니다. 또 어떤 아이는 계속 오리들을 뒤돌아오게 만들려고 쫓아가고, 또 어떤 아이는 말문이 막힌 듯이 멍하니 바라다만 보고 있었고, 그 옆에서 제일 덩치 큰 나 역시 자꾸만 되돌아오게 만들수록 더 빨리 돌산으로 들어가는 오리들을 어찌 할지 몰라 가슴만 태우며 서 있었습니다. 어찌할 수 없는 시간은 무심히 지나갔습니다. 오리 소리들이 멀어져 가더니 얼마 후 소리마저 사라졌습니다.

그날 밥맛이 유난히 없었습니다. 밥이 목구멍으로 넘어가질 않았습니다. 자꾸만, 자꾸만 봄볕에 집을 뛰쳐나와 돌산으로 들어가는 어린 생명들이 가엾어 수저를 들 수가 없었습니다. 미련한 오리들이라고 혼자 중얼거리다가 문득 어머니가 가끔씩 일러준 말이 생각났습니다. 세상은 미련하게 사는 것이 좋다고요. 미련하게 저 죽을지도 모르는 곳으로 자꾸만 들어가는 오리들처럼 나도 가끔 내가 곤란해지는 순간인지도 모르고 자꾸만 그 자리에 들어가 앉으려고 했던 지난날이 떠올라 가슴이 더 아팠는지도 모릅니다.

봄은 유혹합니다. 오해의 그물에 걸릴지도 모르면서 맑은 호수에 몸을 담그려고 하는 그 유혹에 빠지지 않는 지혜로움이 있어야 합니다. 봄처럼 화려하고 따스함 뒤에 숨겨져 있는 유혹을 잘 구별해서 사는 지혜가 필요한 것 같습니다. 지금쯤 그 오리들은 어디에 있을까요?

꽃이 피었습니다.
천지에 피어난 꽃으로
당신은 내게 오십니다.

〈유혹〉

희망 찍기

사진을 찍는 친구와 나는 마지막 남은 감이 안고 있는 희망을 찍기로 했습니다. 잎을 다 떨구고서 까치밥으로 남겨진 감이 떨어지기까지 매일 감나무 아래에서 아스라이 보이는 감을 바라다보다가 돌부리에 넘어져 이마를 찧었던 어린 날이 떠올랐습니다.

고즈넉한 가을의 정경을 마지막 감 한 개에 실어 보려고 하면서 그 감을 친구에게 찍어주길 부탁했습니다. 장난기 어린 친구는 감이 언제 혼자 남을 때까지 기다려야 하느냐고, 그러다가 그 감마저 떨어져 버리면 어떡하느냐고 중얼거렸습니다. 그러다가 친구는 아직 무성한 나뭇잎을 모두 따 버리고 그냥 감 하나를 잡고 사진을 찍겠노라고 말했습니다. 감 한 개를 두고 둘이서 이런저런 말을 나누는데 왜 그렇게 우스웠을까요? 아이가 된 듯한 순간이 내 곁을 흐르는 것을 느꼈으며 아무 생각 없이 감 하나에 얹힌 생각으로 한바탕 웃은 것은 전적으로 그 친구 덕분이었습니다.

까치는

할머니가 남겨 놓은

맛난 사랑을 먹고

내년 겨울까지

씩씩하게 살겠지?

동시 〈까치밥〉 전문

감을 담으려는 내 마음엔 그 감은 그냥 감이 아닙니다. 어렸을 적에 늙은 감나무에서 잎들이 모두 떨어지고 마지막까지 남은 감을 까치에게 보시하는 것을 보면서부터 나는 동물들과도 나누어 먹는다는 것을 배웠던 것입니다. 감에 얽힌 까치밥의 기원은 그 옛날 조상들로부터 전해져 내려 왔다고 합니다. 이파리와 열매가 다 떨어진 뒤 남아 있는 마지막 감을 까치밥이라 부른 것은 자연에 대한 최소한의 배려심이랍니다. 사람이 가진 것을 조금씩이라도 나눔으로써 다른 생명을 존중하고 또 기원을 했다고 합니다. 시인 김남주는 "찬 서리 나무 끝을 나는 까치를 위해 홍시 하나 남겨 둘 줄 아는 조선의 마음이여"라고 마지막 홍시를 보고 노래했습니다.

나와 친구의 의도는 희망 찍기입니다. 가지 끝에 달린 마지막 감을 보면서 누군가에게 희망을 줄 수 있지 않나 하는 희망 찍기지요. 그러니 우리에게는 까치밥이 사진을 찍는 목적이 아닌 것이지요. 친구는 이 밤도 가슴을 약간 조이며 잠을 청할지 모릅니다. 혹시나 간밤에 마지막 희망이 떨어져 버리지나 않을까 해서지요. 하지만 나는 믿습니다. 우리의 희망 찍기가 끝날 때까지 그 마지막 감은 굳건하게 나뭇가지에 매달려 있을 거라는 걸요.

바람이 붑니다. 우리의 희망이 부디 잘 견디길 희망합니다. 친구의 집 뒤뜰에 있는 마지막 감은 이렇게 늦가을의 내 희망을 자꾸만 붙잡습니다.

어제의 가난으로
내일의 희망을 낳습니다.
내일의 희망으로
오늘 숨을 쉴 수가 있습니다.

〈희망〉

고향

돌아갈 수 없어
어제라고 불리는가

그리워도
돌아갈 수 없어
고향이라고 불리는가

까마귀의 뒷모습이
슬프게 보이는 까닭은
그에게도 가슴 데워 줄
고향은 있기 때문이다

언젠가 썼던 졸시 〈고향〉입니다. 눈을 감고 어렸을 때 살았던 곳
이 그리운 것은 내 유년이 묻혀 있기 때문이겠지요. 고향이라고 말
하는 순간 벌써 가슴이 포근해지고 넉넉해짐을 느낍니다.

내 고향은 서울입니다. 서울에서 태어났으며 한참을 살았으니까

요. 하지만 어렸을 때 친할머니 집 마을 또한 내 고향이기도 합니다. 왜냐하면 나는 그곳에서 많이 지냈기 때문입니다. 그곳 마을 이름은 샛터라고 합니다. 할머니 집을 비롯해서 열세 집 정도 모여 살았던 곳입니다.

샛터마을 앞에는 황룡이라는 강이 흐르고 있었습니다. 넘실거리는 물줄기를 끌어내어 마을 사람들은 논에 물을 대고 살았고 아낙네들에게는 빨래터였으며 아이들에게는 더운 여름 내내 물장구치는 곳이기도 했습니다. 물론 낚시꾼들에게는 더할 수 없이 물고기가 잘 잡히던 명당이었습니다.

우리 할머니는 황룡강 건너에 사셨는데 할아버지와 결혼하기 위해 배를 타고 강을 건너 시집을 오셨다고 합니다. 그 강은 전설을 가지고 있었습니다. 용이 하늘로 올라가다가 목이 말라 물을 마신 강이라는 전설도 있고 또 그 강에 살던 용이 하늘로 올라갔다는 전설도 가지고 있습니다.

서울에서 살다가 할머니 집에서 한참을 살던 때에 나는 제일 좋았던 것이 커다란 감을 마음껏 먹는 것이었습니다. 할머니 집 앞마당에 품새 넉넉한 감나무가 있었는데 그 감나무에는 감들이 가지가 찢어질 정도로 매년마다 많이 열렸습니다.

별들이 쏟아져 내리듯 유난히 많았던 마을의 밤은 잊을 수가 없습니다. 도시의 별들이 모두 샛터마을로 이사를 온 것 같은 착각에 빠질 정도로 주먹만 한 별들이 밤만 되면 하늘에 촘촘히 매달려 있었습니다. 모깃불을 피워놓고 대나무로 만든 평상에 오빠와 언니와 나란히 누워서 미래에 대한 이야기를 나누며 잠들었던 여름밤과 겨울 아침이면 이른 아침부터 아버지가 쓱쓱 흰 눈을 쓸던 빗자루 소리가 정다웠던 곳입니다. 그런 것들조차 내게는 고향으로 들어갑니다. 그곳에서 태어나지는 않았지만 내 유년의 행복했던 순간이 잠시나마 묻혀 있기 때문에 샛터마을은 또 다른 고향이 되는 것입니다.

내 아이들은 그런 나와는 달리 미국이 고향입니다. 큰아이의 고향은 텍사스 주에 있는 달라스(Dallas)라는 도시이며, 둘째 아이는 캘리포니아 주에 있는 로다이(Lodi)라는 도시이고, 셋째 아이의 고향은 캘리포니아 주에 있는 스탁튼(stockton)이라는 도시입니다. 내 아이들과 내 고향은 너무 다릅니다. 하지만 아이들에게나 나에게나 고향은 똑같은 이미지를 안겨 줄 것입니다. 포근하고 넉넉하고 생각만 해도 왠지 든든한 곳으로 말입니다.

고향의 사전적 정의를 보자면 이렇습니다. "고향은 나의 과거가 있는 곳이며 정이 든 곳이며 일정한 형태로 내게 형성된 하나의 세계이다. 고향은 공간이며 시간이며 마음이라는 세 요소가 불가분의 관계로 굳어진 복합된 심성이다." 과거에 살았다고 모두 그곳이 고향이 되지는 않습니다. 하지만 어린 기억들이 떠오르는 곳이면 그곳은 고향이 될 수가 있는 것입니다.

당신의 고향은 어디입니까? 깊이 생각해 보고 가슴 뿌듯한 순간을 가슴에서 꺼내어 보시길 바랍니다.

하늘도
내가 부를 때
비로소 벗이 될 수
있습니다.

〈하늘 벗〉

선물

내 책상에는 예수님의 판화가 있습니다. 어린 양을 꼭 안은 그 판화는 두 해 전에 지인이 선물한 것입니다. 책상에 앉으면 하루에도 몇 번씩 그 판화를 보면서 예수님이 양을 껴안고 있으면서 눈을 감고 있는 모습이 너무 인간적이라는 생각을 합니다. 어린 양은 눈을 동그랗게 뜨고 예수님의 얼굴을 올려다보고 있습니다. 그것을 보면서 하느님을 향해 마음의 눈을 동그랗게 뜨고 하늘을 바라보는 나의 모습을 닮았다는 생각을 해 봅니다.

누군가 준 선물을 볼 때마다 그 사람의 이름과 얼굴은 잊을 수 있어도 그 사람의 정성은 오래도록 나와 함께 머뭅니다. 365일 동안에 우리는 선물을 주고받을 날이 많습니다. 선물이라는 것은 주는 사람의 마음이 담겨 있어야 하는데 가끔은 그렇지 않은 선물도 있습니다. 한번은 나도 선물을 두고 실수한 적이 있습니다. 친구가 정성으로 포장을 해서 내게 목도리 선물을 했는데 그 선물이 내게는 필요하지 않은 것이라고 여기며 쉽게 다른 누군가에게 선물을 해 버린 것이 화근이 되었습니다.

얼마 후 목도리를 선물한 친구가 내게서 다른 사람에게로 그 목도리가 간 것을 알고 무척 실망했다는 듯이 내게 조언을 한 적이 있습니다. 정성을 담아 선물을 했는데 아무리 안 쓰는 물건이라고 다른 사람에게 쉽게 주는 것은 아니라고요. 그때까지만 하더라도 나는 선물이나 물건은 꼭 필요한 사람에게 가는 것이 옳다고 생각을 했던 때라 나는 미안하다는 말조차 친구에게 하지 않았습니다. 그러나 세월이 지날수록 내가 얼마나 그 선물을 건넨 친구의 마음을 서운하게 했는지 깊이 깨닫게 되었지요.

아무리 내게 필요한 것이 아니다 하더라도 내게 선물한 그 사람의 마음을 그렇게 쉽게 다른 사람에게 보내버리는 것은 참으로 좋지 않은 모습이었습니다. 어리석음을 그 친구가 내게 가르쳐 주었던 것입니다. 그 뒤로는 절대로 받은 선물이 비록 내가 쓰지 않는 것이라고 하더라도 다른 사람에게 주지 않으려고 노력하게 되었습니다.

선물을 할 때는 그 사람을 떠올리며 준비하게 됩니다. 그 사람의 취향이나 그 사람의 모습을 떠올리며 그 사람에게 맞을 것인가를 꼼꼼히 마음속 잣대로 재고 또 재며 준비합니다. 나도 물론 그렇게 합니다. 하지만 친구의 마음을 헤아리지 않고 그런 정성을 버린다는 것은 사람과 사람 사이에 할 도리가 아닌 것입니다. 지금도 그때 일은 나를 부끄럽게 합니다. 그리고 그 친구에게 많이 미안합니다.

그런데 감정이 얽혀지면서 오해가 있는데도 생일이라고 선물하는 것은 더 깊은 오해를 불러들이는 일이라고 생각합니다. 진정으로 그 오해를, 또는 얽힌 실타래 같은 마음을 풀고 나서 주고받는 선물은 서로에게 진심이 전해져 감동시키게 되지만 서로 감정을 풀 생각은 하지 않으면서 형식적으로 얽매여 선물을 하는 것은 상대방의 인격을 짓밟고 마는 무례를 범하게 됩니다. 그래서 선물도 제때에 맞게 해야 한다고 하지 않습니까?

하늘에 박힌 별과 달을 보십시오. 그것은 하느님의 선물입니다. 그런 선물을 내가 싫다고 다른 사람에게 줘 버린다면 나는 내 눈을 줘 버리는 것입니다. 나는 몇 해 전부터 크리스마스 선물을 하지 않습니다. 혹, 이것 또한 내 오만일지 모릅니다. 아이들에게도, 어른들에게도 선물을 하지 않습니다.

취지는 좋았습니다. 예수님의 탄생일을 축하하는데 왜 사람들은 서로에게 넘치는 선물을 하는 것일까? 선물을 받지 못하고 있는 세상 구석의 소외된 사람들을 생각하면서 크리스마스 때에는 선물을 하지 말아야겠다고 스스로가 결정한 뒤 아이들과 남편과 주위에게 통고를 해 버렸습니다. 그런데 올해에는 아이들이 불만을 슬그머니 토해 냈습니다. 왜 예수님이 태어나심을 기념하기 위해 서로가 서로에게 선물을 하면 안 되는 것이냐고요. 매년 크리스마스트리 밑이 휑한 것이 아이들은 싫었던 것입니다.

입이 닳도록 이야기를 했는데도 아이들은 그것을 마음에 오래 묶어두지 않았습니다. 나는 곰곰이 생각했습니다. 이것 또한 나의 자만이 아닐까? 예수님 생일 때 서로 적당한 금액의 선에서 선물을 주고받는 것이 뭐가 그리 잘못된 것이라고 해마다 크리스마스트리는 만들어 놓으면서 왠지 썰렁하게 그 나무 밑을 비워두고 있는 것인가? 내 판단의 행동으로 인해서 기쁨이 머무는 날을 쓸쓸하게 왜 사서 궁상을 떨고 있는가? 많은 생각들이 머릿속을 오고갔습니다.

선물을 하는 것도, 선물을 받는 것도 사람들 마음입니다. 이제 그 마음을 진정으로 받아들일 것 같습니다. 하지만 어떤 선물이나 너무 넘치지 않는 범위 내에서 하면 어떨까? 하고 깊게 생각하고 있는 중입니다.

당신이 내게건 선물입니다.
웃어 주어서 고맙습니다.
슬플 때 곁에 있어 주어서 고맙습니다.
세어 보니
당신이라는 선물이 주는 기쁨과 감사가
별들처럼 많습니다.

〈선물〉

이불 속 이야기보따리

걱정의 40%는 절대 현실로 일어나지 않는다.

걱정의 30%는 이미 일어난 일에 대한 것이다.

걱정의 22%는 사소한 고민이다.

걱정의 4%는 우리의 힘으로는 어쩔 도리가 없는 일에 대한 것이다.

걱정의 4%는 우리가 바꿔 놓을 수 있는 일에 대한 것이다.

―어니 젤린스키 『모르고 사는 즐거움』 중에서―

새벽 네 시 정도 되었을까요? 창문 밖에서 코요테들의 울음이 들립니다. 유난히 처절하게 우는 걸 보니 그들에게도 슬픈 일이 벌어진 모양입니다. 떠져 버린 눈은 다시 감을 줄 모르고 이불 속에서 뒤척이고만 있었는데 곁에서 잠자는 줄 알았던 남편이 한마디 건넵니다.

"왜? 잠이 안 와?" 그 말이 왜 그렇게 반가웠을까요? 얼른 받아서 코요테들의 울음에 깼다고 투덜거리듯 말했습니다. 그때부터 남편과 나의 이야기보따리는 펼쳐졌습니다. 올 구월에 대학을 가는 막내 아이가 학교에 적응을 잘 할 것인지의 걱정, 또 대학을 다니면서

159

전공을 바꾸려고 시도하며 고민하는 둘째 아이 걱정, 그리고 이미 대학교를 졸업해서 직장에 다니기 시작한 큰아이 걱정이 검은 방 안에 가득 채워져 갔습니다.

그러다가 문득 어렸을 때가 떠올랐습니다. 새벽에 일어나서 화장실에 가다가 부모님 방에서 들려 나오는 나직나직한 이야기 소리들. 그때 내 부모님도 지금 우리처럼 잠에서 깬 마음을 서로 나누며 이 걱정, 저 걱정을 하다가 아침을 맞이하셨을 것이라는 생각이 퍼뜩 들었습니다.

내 부모가 하셨던 것을 우연히 듣거나 보게 되었을 때 그때 내 머리는 그 모습과 말들을 오래도록 담고 있나 봅니다. 그래서 내가 또 부모님과 똑같이 하게 되는지도 모릅니다. 어머니가 하셨던 것들을 내가 하고 있다는 것을 어느 날 문득 느낄 때 나는 세월이 주는 신비에 놀라곤 합니다. 이 세상 모든 부모들이 그러듯이 당신들의 잠을 쪼개어 자식들에게까지 나누어 주는 모습을 자식들은 알게 모르게 물려받고 또 물려줍니다.

새벽잠이 없어지는 것은 늙어가는 증거라고 누군가 말했습니다. 그렇습니다. 우리는 태어날 때 그 모습으로 영원히 남아 있지 않습니다. 점점 세월을 먹으면서 늙음의 세계로 접어들게 되는 것이지요. 늙을수록 걱정이 는다는 말도 있습니다. 잠이 오지 않은 새벽에 서로 두런두런 온갖 걱정을 나누면서 늙어가는 것이 우리네 인생의 길이 아닐까요?

하지만 새벽에 일어나 이런저런 이야기를 하다가 그만 싸움으로 번졌던 때도 있습니다. 의견 충돌이 화를 불러들인 것이지요. 그럴 때면 이불은 당연히 절반으로 나누어집니다. 그리고 거친 숨을 푹푹 내쉬면서 등을 돌려 버립니다. 그러다가 아침이면 어둠 속에서 생긴 거친 서운함을 풀며 이부자리를 들추고 아침을 맞이하러 일어납니다. 그래서 어른들께서는 아무리 싸워도 부부는 한 이부자리에서 잠자야 한다고 말씀하시나 봅니다.

한 이불을 덮고 잔다는 것은 그래서 신기한 것입니다. 혼자가 아닌 둘이서 이불 속에서 나누는 걱정은 분명 반으로 절감된다는 사실에 아침에 일어날 때는 마음이 한결 가벼워지니 말입니다. 혼자 살아가는 사람들은 얼마나 외로울까요? 이불 속에서 걱정을 나누고 서로 힘을 실어 줄 사람도 없이 혼자만이 다가올 아침을 맞이하려는 그 마음엔 가끔 시린 바람이 불 것 같습니다. 물론 개중에는 혼자서도 씩씩하게 홀로서기를 잘하는 사람들도 있습니다만. 그래도 세상은 혼자보다 둘이 좋다고들 합니다. 수도자들을 제외하고는 웬만하면 둘이서 이부자리 속에 있는 것은 확실히 좋은 것 같습니다.

밝아오는 오늘 막내 아이가 기차를 타고 대학교에 갑니다. 벌써 과거가 되어버린 몇 분 전의 걱정은 이제 사라졌습니다. 모든 것을 하느님께 온전히 맡긴다는 기도를 하고 나니까 더더욱 가슴이 든든해졌습니다. 내게 맡겨진 아이들을 그분께서도 틀림없이 지켜 주실 거라는 믿음이 확고하게 다져지면서 내 입가엔 세상 그 누구도 안겨 주지 못할 미소가 자분자분 번집니다.

내일은 오늘보다
조금은 더 밝을 것이라는
당신의 위안이 있어서
기대가 됩니다.

〈위안〉

우정 쌓기

까마귀들이 흰 갈매기들과 놀고 있습니다. 바다가 그리 가까운 곳도 아닌 우리 마을까지 갈매기들은 날아와서 까마귀들과 길가에서 모여 앉아 있습니다. 그 모습을 보다가 살금살금 자동차를 세웠습니다. 한참동안 그들을 지켜보는 입가에 미소가 번졌습니다. 아침마다 그악스럽게 울어대던 까마귀들이 갈매기의 몸을 여기저기 부리로 뒤집고 있습니다.

마치 어미가 새끼의 깃털을 정리해 주고 있는 것처럼 꼼꼼하게 가슴께와 등과 꼬리 부분을 부리로 뒤집고 있습니다. 갈매기는 가만히 있습니다. 굳게 감은 눈은 미동도 하지 않고 까마귀에게 몸을 맡기고 있습니다. 비록 새이지만 녀석들이 참으로 기특하다는 생각이 들었습니다. 자기네와 똑같은 새가 아니라는 건 금방 알 텐데 싸움하려고 덤비지도 않고 오히려 다정하게 서서 눈으로만 말을 건네고 있는 것이 여간 기특한 것이 아닙니다.

사람들은 그렇지 않습니다. 나에게 아무런 해도 입히지 않는데도 인상이 험상궂은 사람이 다가오면 몸과 마음은 경계 태세에 들어갑니다. 그리고 돋보기를 끼고 살핍니다. 그런데 까마귀와 갈매기들은 서로 경계를 하지도 사납게 노려보지도 않습니다.

오히려 바다에서 높은 산을 넘어오느라고 애썼다는 듯이 까마귀는 드센 부리로 정성을 다해 갈매기의 깃털을 매만져 주는 것 같습니다. 어떤 갈매기는 덩치가 작은 까마귀에게 다가가 자꾸만 자기 부리를 까마귀 부리에 대려고 합니다. 까마귀는 싫은 듯 자꾸만 고개를 돌리는데 갈매기는 멈추지 않고 계속 부리를 갖다 댑니다. 그렇게 귀찮게 하는데도 까마귀는 화를 내지 않습니다. 참으로 신기한 모습이었습니다.

친구와의 약속 시간이 지나가고 있는데 나는 그 자리에서 하얗고 까만 새들이 나누는 우정을 보고 있느라고 정신이 없었습니다. 나의 부스럭거리는 행동에 그들이 금방이라도 날아가 버릴 것 같아 방해꾼이 되기 싫어 사실은 자동차 엔진을 다시 켜지 못했습니다. 부리로 깃털을 다듬어 주니 갈매기 깃털이 투둑투둑 떨어집니다. 까마귀가 떨어진 그 깃털을 밟고 섰다가 빙그르르 돌았다가 하는 모습이 마치 춤을 추는 것처럼 보였습니다.

한참을 그들은 얽혀 서 있었는데 맞은편에서 트럭이 시끄럽게 달려오자 한가로운 시간을 방해라도 받았다는 듯이 갈매기들은 아주 긴 날개를 퍼덕이며 허공으로 날아올랐고 까마귀들도 그때야 까악, 까악 하고 울면서 날아올랐습니다.

새들도 저렇게 서로 우정을 나누는 법을 배워 익혔는데 하물며 사람과 사람 사이에 있는 경계선은 언제쯤 무너질까요? 내가 너보다 더 나은 사람이라는 생각이 골수에 박혀 있다면 우리는 영원히 우정을 나눌 수가 없습니다. 바람은 나무들과 정을 나누기 때문에 모습을 드러내 보이는 것이고 하늘과 땅은 정을 나누기 때문에 모습이 아름답게 보이고 흑인과 백인이 정을 나누기 때문에 인종의 벽을 깨 버릴 수가 있게 되는 것입니다.

이제부터는 까마귀들을 싫어하지 않기로 했습니다. 겉은 검어도 속까지 검지 않다는 것을 보여준 까마귀들에게 깨달음의 고마운 마음까지 오히려 듭니다. 그리고 갈매기들에게도 마찬가지입니다. 가끔씩 이 산마을에 날아와 허공에 다니는 걸 보면서 길을 잃었나 보다고만 생각했는데 갈매기들은 저들만의 우정을 쌓으려고 친구를 찾아 먼 길을 왔던 것입니다.

너희들이 나보다 낫다, 새들아. 자동차의 엔진을 켰습니다. 이런, 약속 시간이 20분쯤 지나가고 있습니다. 그때 전화벨이 울렸습니다. 친구입니다. 미안해 친구야, 지금 달려갈게 조금만 더 기다려다오. 왠지 그 친구가 터무니없이 늦은 나를 기쁘게 맞을 것 같은 믿음이 섰습니다. 까마귀와 갈매기들의 우정을 보고 난 뒤라서 더 그럴까요?

서로 마음을 쌓을 때
믿음이란 접착제가
꼭, 필요합니다.

〈믿음〉

상투스

어둠이 밀려가고 있는 중입니다. 돌산마을에 또 다른 오늘이 시작되었습니다. 어슴푸레한 창밖으로 보이는 풍경이 새롭습니다. 밝아오는 푸른빛을 향해 비둘기들이 이웃집 지붕 난간에 일렬로 앉아 있습니다. 마치 하루의 첫 성체를 받아 모시려는 수도자들처럼 보입니다.

비둘기들은 침묵할 줄 압니다. 새 태양이 떠오르는 동안 자기들의 묵은 깃털을 뽑아 버릴 줄 압니다. 그렇게 새들은 빛을 맞을 준비를 하고 있습니다. 그 모습을 보다가 썼던 졸시 〈비둘기〉입니다.

비둘기

검은 옷 입은 수도자들
지붕 난간에 무릎 꿇고 앉아
어둠을 가르고 떠오르는
하루의 첫 성체를 모시려고
침묵기도 중이다
경건하다

〈비둘기〉 전문

167

매일 보아왔던 모습이지만 그날은 태양을 맞이하는 비둘기들의 모습이 어찌나 경건하던지 그들을 바라보고 있는 나도 돌산 너머에서 커다란 성체처럼 떠오르는 태양을 한참동안 바라다보았습니다.

비둘기들의 습성은 우르르 모여 다닙니다. 혼자서 다니는 비둘기는 아주 간혹 있지만 대부분이 떼를 지어 다닙니다. 한 마리가 길거리의 먹이를 발견하고 한길로 내려앉으면서 몸짓으로, 눈짓으로 따라오라고 하고 날개를 퍼덕이면 그 옆에 앉아 있던 비둘기들은 일제히 그를 따라갑니다. 그리고 먹이를 나누어 먹습니다. 우리 집 뒤뜰에도 자주 비둘기들이 몰려 앉았다 가곤 합니다. 밤새 잔디를 뚫고 기어 나온 벌레들이 있나 봅니다.

그리고 또 우르르, 허공으로 몰려 날아가다가 가끔씩 커다란 유리창에 머리를 부딪치며 땅에 떨어지는 비둘기도 있습니다. 어느 날은 쿵, 소리에 놀라서 유리창을 살펴보았더니 비둘기가 유리창이 있는 줄 모르고 유리창에 비추이는 하늘을 보고 날다가 그만 온몸에 화석도장을 유리창에 찍고 떨어져 있었습니다. 한참동안 죽은 것처럼 있다가 다행히도 다시 날아갔습니다. 머리가 없는 새라고 놀렸었는데 그런 새들도 새로이 떠오르는 태양은 알아보나 봅니다.

내가 다니는 성당에도 비둘기들 같은 사람들의 모임이 있습니다. 바로 '상투스(Sanctus)'입니다. 영혼의 온도가 뜨거운 마음들이 모여 찬송가를 부르고 머리들을 모아 성당 공동체에 도움이 되는 것이라면 무엇이든지 하는 모임입니다. 내 어두운 신앙의 삶을 밝게 해 준 모임이기도 합니다. 삶에 지쳐 있는 내 어깨를 하느님은 상투스를 통해서 어루만져 주었고 신바람 나는 삶을 내게 다시 찾아 주셨습니다.

'상투스'에 관한 구절은 성경의 이사야서 6장 3절에 있습니다. "거룩하시다, 거룩하시다, 거룩하시다, 만군의 주님! 온 땅에 그분의 영광이 가득하다." 이처럼 '상투스'는 하느님을 경외하면서 찬미를 드리는 찬미가이지요. 비둘기들처럼 모여서 하느님을 찬미하며 하느님의 사랑에 푹 빠져보는 시간이 좋아서 지난 십여 년이 넘는 세월에 주일마다 한국 성당으로 미사를 드리러 갔다고 해도 과언이 아닐 것입니다.

비록 음이 틀리고 목소리가 삐뚤빼뚤해도 스스로에게 참 잘했다며 박수를 쳐 주는 사람들. 서로의 처진 어깨를 영적인 손으로 감싸주고 일으켜 세워줄 줄 아는 사람들. 찬양을 하면서 하느님의 사랑을 느끼고 또 실천하려고 노력하는 사람들의 모임. 비둘기처럼 낡은 깃털을 아낌없이 버리면서 하느님께 다가가려는 마음을 보시고 그분께서는 이렇게 말하실 것 같습니다. "참, 예쁘다."

비둘기들은 밝은 태양이 떠오르자 어디론가 날아갑니다. 새로 맞이한 오늘을 신바람 나게 살려고 날아가나 봅니다. 나도 비둘기들처럼 빛나는 성체를 받아 모셨으니까 기쁘게 살 것입니다. 태어나서 처음 맞이하는 날인 양.

나란히 손잡고 서서 하늘이 주는
햇살을 나누는 포도나무들처럼
그분이 주는 사랑을 우리도
손잡고 나누어야 합니다.

〈손잡기〉

신부님, 우리 신부님

잡채를 만듭니다. 시금치를 삶고, 양파를 써는데 두 눈이 따갑고 아픕니다. 찔끔 눈을 감았다 뜨니 아픈 눈에서 기다렸다는 듯 뜨거운 눈물이 주르륵 흐릅니다. 신부님과의 마지막 저녁식사를 위해 잡채를 만든다는 생각에 눈언저리가 칼로 도려내듯 아파 왔을까요? 나는 양파 때문이라는 핑계를 내세워 뜨겁게 눈물을 쏟아 냈습니다.

손 제라드 신부님을 처음 만난 것은 팔 년 전, 우리 식구가 한국 성당엘 다니기 시작하면서부터입니다. 밸리에 있는 성당에 처음 물어물어 찾아 갔을 때 외국 신부님께서 미사를 집전하셨습니다. 지금보다 훨씬 생기가 넘치신 모습의 신부님은 유창한 한국말로 미사를 집전 하셨습니다. 한글로 된 성경을 읽으시고 강론까지 거의 완벽하게 한국어로 마치시는 신부님이 왠지 낯설고 신기하기까지 했습니다. 외국인 신부님께서도 세상 언어 중에 힘들기로 손꼽히는 한글을 저리 잘 읽어 가시는데 나는 무얼 하고 있는 것인가? 미국에서 태어나서 자란 내 아이들에게 한글을 제대로 가르치지 못했다는 부끄러움이 미사 내내 가슴을 파고들었습니다.

2001년 봄, 우리 가족은 휴스턴에 살다가 캘리포니아로 삶의 둥지를 옮겼습니다. 이사 후 이 년 정도 줄곧 집 앞에 있는 st. peter claver 미국 성당에 다녔습니다. 그곳에서 막내아들도 첫 영성체를 했고 그러다가 우연히 만난 친구로부터 밸리 한인 성당에 대한 이야기를 듣게 되었고 우리는 서서히 밸리 한인 성당으로 신앙의 터를 옮겼습니다.

처음에는 아이들도 한인 성당이 낯설다며 안 가겠다고 성화를 하더니 차츰 같은 모습에 정감을 느꼈는지 남편과 나보다 더 한인성당에 가길 원했습니다. 한인 사회를 잊고 살던 우리 가족에게 주님께서는 그렇게 우리의 뿌리를 알려 주셨고 한인 성당 공동체의 일원이라는 자부심까지 심어 주셨습니다. 특히, 아이들이 점점 손 제라드 신부님을 좋아하는 것은 정말 신기한 일이었습니다.

한국의 60년대 말에 고국인 아일랜드를 떠나 말과 모습이 다른 한국의 강원도 어느 성당으로 가셨다는 신부님. 한국의 시골 가난을 직접 손수 겪으시면서 한국 사람들의 따뜻한 온정에 힘을 얻어 사목을 하셨다던 신부님. 그러다가 1988년 한국이 올림픽의 열기로 후끈 달아올랐을 때 미국으로 오셨다고 합니다.

콜롬반에 소속된 신부님은 미국에 오신 얼마 후 우리 밸리 성당에서 사목을 하게 되셨다고 합니다. 여기까지가 내가 아는 우리 신부님의 전부입니다. 내게는 그분의 삶의 자취가 중요한 것이 아니라 순간순간 내게 보여 주셨던 그분의 모습에서 주님의 모습을 느꼈다는 것이 더 중요합니다.

내가 신부님을 존경하는 모습들이 있습니다. 미사를 집전하실 때 신발 뒤 굽이 닳아 기우뚱거리시던 모습, 미사 후에도 신자들과 같이 한국 음식을 먹으면서 이런저런 자상함을 보여 주시는 모습, 새 성당 건축 과정에서도 간섭 대신 아버지가 아들을 믿고 일을 맡기듯 신자들에게 온전히 맡기시는 모습, 신종플루에 걸리셔서 영성체를 못 해주셔도 미사를 집전하시는 모습, 아무리 더워도 청소년들이 야외 운동을 하면 꼭 참석하셔서 응원을 해 주시던 모습, 한국의 순교자들 축일에는 아이들에게 한국에서의 경험담과 순교자들에 대해 이야기해 주시며 한국 순교자들을 잊지 않게 해 주시는 모습, 청소년 영어 미사 때 초롱초롱한 아이들의 실수도 불평 한마디 하지 않으시며 감싸 주시는 모습. 이처럼 신부님은 마치 예수님처럼 겸손하고 자상한 모습으로 내 마음에 새겨져 있습니다.

이제 손 제라드 신부님은 근사하게 새로 지어진 요셉 성당을 떠나시려 합니다. 어느 날 신부님께 "신부님은 가시는 게 좋으세요? 뵐 때마다 평온하게 보이시네요." 난 짓궂게 질문을 던졌습니다. 그랬더니 신부님께서는 빙그레 웃으시며 "네. 조금 시원하기도 하고 섭섭하기도 하고 하지만 가끔은 또 올 수도 있는데요. 뭐" 하시며 내 마음에 다시 만날 기약을 깨알만큼 남겨 놓으셨습니다.

신부님의 열렬한 팬이 되어버린 우리 가족은 신부님의 은퇴설에 안타까워합니다. 아니, 요셉 성당 전 신자들 모두가 안타깝고 슬퍼합니다. 근엄한 아버지가 아닌 친구 같은 소탈한 분이 곁을 떠나시려 하는 것에 모두 안타까워하는 모습들이 여기저기에서 역력하게 보입니다.

나는 신부님을 통해 아일랜드라는 나라가 궁금해졌습니다. 푸른 초원이 많을 것 같고 사람들은 성품이 선하고 왠지 넉넉할 것 같습니다. 아일랜드가 낳은 위대한 시인이자 정치가였던 윌리엄 버틀러 예이츠를 비롯해서 시인이자 소설가이며 극작가인 오스카 와일드가 영혼을 태워 사랑했던 나라. 그 옛날 영국의 식민지였던 역사적 슬픔과 애환이 어쩌면 우리와 비슷한 나라. 윌리엄 예이츠와 오스카 와일드 때문이 아닌 손 제라드 신부님을 몇 년 동안 보면서 아일랜드에 호기심이 생겼고 가보고 싶은 나라로 가슴에 새겨졌습니다.

하느님의 뜻에 평생을 순명하셔서 모습과 문화가 다른 사람들을 아끼고 사랑하신 우리 신부님. 호박나물과 명태조림까지 맛나게 드실 줄 아는 우리 신부님. 나는 손 제라드 신부님을 생각하며 몇 배의 정성을 들여 잡채를 만들어 냈습니다.

늘, 그 자리에 계신 당신처럼
나 또한 늘,
이 자리에 있겠습니다.

〈당신과 내 자리〉

나눔의 종소리

토끼해가 가고 있습니다. 구세군 종소리가 여기저기 울려 퍼지면서 왠지 세상이 슬프게 느껴집니다.

며칠 전이었습니다. 콜로라도 대학교에 다니면서 불쌍한 아이들을 위해 무료로 개인 지도를 한다는 친구의 딸에게로부터 이야기를 들었습니다. 부모의 무관심과 알코올중독으로 어머니를 구타하는 아버지를 둔 한국 아이 이야기였습니다.

친구 딸이 우연히 초콜릿 하나를 먹으라고 그 아이에게 건네주었더니 아이는 슬피 울었다고 했습니다. 자기는 태어나서 처음으로 누군가에게서 초콜릿을 받은 것이라며 울더랍니다. 초콜릿 맛이 어떤지도 그때까지 몰랐다며 아이는 굵은 눈물을 조용히 떨어트렸다고 합니다. 그 아이는 7학년입니다. 중학교에 다닐 때까지 친척과의 소통도 없고 형도, 누나도, 동생도 없이 부모의 관심 밖에서 커 가고 있는 아이는 그 뒤부터 친구 딸과 각별한 사이가 되어 갔다고 했습니다. 친구의 딸이 그 아이에게 사랑을 나누려고 자주 만나고 공부도 가르쳐주고 있다는 말을 들었습니다.

그 말을 듣는 순간 가슴이 아팠습니다. 그래서 그 아이를 도울 수 있는 길을 친구에게 물어 보았습니다. 친구는 너무 성급하게 도움을 줄 때 사춘기의 여자아이가 받을 수치감도 생각해 줘야 한다며 조금 더 딸과의 만남이 있은 후 조금씩 조심스럽게 도움의 손길을 내밀자고 말했습니다.

무턱대고 그 아이에게 돈 얼마를 보내 주면 어떨까 하고 생각했던 나의 설익은 나눔에 부끄러웠습니다. 나누는 데에서도 상대에 대한 배려를 잊지 말아야 하는 것을 친구를 통해 또 배운 셈이지요. 그 아이가 좀 더 따스한 겨울을 보내길 바랄 뿐 나 자신은 나눔의 정을 건네기 전 마음 수양을 해야 할 것 같았습니다.

있는 척하지 말기, 아는 척하지 말기, 나누는 척하지 말기를 또 한 번 가슴에 새겨 보았던 계기였습니다. 나누고도 생색내기 좋아하는 사람들을 주위에서 간간이 보며 삽니다. 그런 사람들을 볼 때마다 왜 저럴까? 생각하면서도 내 자신도 어느새 나눔의 뒤끝에 칭찬받으려는 심리가 도사리고 있음을 인정하고 반성해야 합니다. 나눔은 내게 넘치는 것을 남에게 주는 것이 아니라 내게도 귀한 것을 나눠 줄 때 진정한 나눔의 모습이 될 것임을 새삼 배운 셈입니다.

나만 배불리 잘살면 된다고 식당에서 고기를 지글지글 구워 먹고 있을 때 한 번이라도 식당 문밖에서 냄새로 굶주린 배를 채우는 이들이 있을 것이라는 생각은 왜 안 하고 살았는지 나부터 깊이 반성해 보아야 할 문제입니다. 집에서 마음 따뜻하게 지내고 있을 때 집 없는 사람들의 뼛속까지 추운 마음을 헤아려 볼 줄 알아야 합니다. 추운 거리에 앉아 파를 할머니에게 한 단 더 주라는 재촉을 하기 전에 파를 팔아서 손지 학비를 댈지도 모른다는 넉넉한 생각을 해 보아야 합니다.

다행히 마음 넉넉한 내 친구의 딸을 그 아이가 알게 되어 마음이 좋습니다. 넉넉한 마음으로 외롭게 살아 온 아이에게 사랑을 나누어 줄 친구의 딸과 또 초콜릿을 처음 먹어보고 눈물 흘렸던 그 아이를 위해서 기도했습니다. 이다음에 그 아이의 마음이 차츰 열리고 나면 반드시 아이에게 정을 나누리라 낡은 해를 보내며 마음먹어 봅니다.

이제 겨울이 깊어졌습니다. 나의 이런 마음을 낙엽처럼 땅에 떨어트리지 말고 겨울 내내 간직하며 마음의 돋보기를 쓰고 주위를 둘러보아야 할 것 같습니다. 뒤뜰 민들레처럼 추위에 파리해져 있는 사람들이 여기저기 있을 것이기 때문입니다.

누군가의 추운 마음을 감싸 안아 주었던 적이 있었는지,
누군가의 슬픔에 얼마나 함께해 보았는지,
또 얼마나 누군가의 기쁨을 두 배의 기쁨으로 손뼉 쳐 주었는지,
깊이 반성해 봅니다.

<반성>

죽음 체험

　관에 들어갔습니다. 내 몸 하나 겨우 들어갔습니다. 숨이 끊어져야만 들어갈 수 있는 곳에 어떻게 들어가 보았느냐고요? 여름 어느 날이었습니다. 다른 성당의 신부님께서 세 개의 관을 가지고 우리 성당에 오셔서 피정을 하셨습니다. 그러면서 심장이 허약한 신자들은 하지 말아 달라는 당부까지 하셨습니다. 피정 인원도 제한되었습니다. 약 40명쯤 참석한 가운데 죽음의 체험을 하게 되었습니다. 내 차례가 되어 관에 들어가 누웠습니다. 가슴에 포개어 놓은 손 위에 묵주가 얹혀졌습니다.

　그리고 관 뚜껑이 닫혔습니다. 어둠과 함께 칙칙한 나무 냄새가 가슴에 가득 찼습니다. 감은 눈은 점점 평온해졌고, 관에 들어오기 전까지의 떨림이 사라졌습니다. 그러자 관 밖에서 신자들이 읊는 연도가 나직나직이 들려왔습니다. 연도(煉禱)란 연옥 영혼을 위해 바치는 기도입니다. 전통가락으로 구성지게 기도를 읊으며 죽은 이를 기억하는 기도입니다. 그 옛날 박해시대 때부터 이어온 연도는 한국적인 전통가락으로 망자를 위한 기도인 것입니다.

　지금껏 누군가의 연도를 바칠 때는 몰랐던 감사함이 밀려왔습니다. 움직일 수 없는 어둡고 작은 공간에 누워 있는 순간이 무서운 것이 아니라 행복해졌습니다. 슬며시 입가엔 미소까지 번졌습니다. 훗날 내 숨이 멈추어 버린 날 나를 위해 지금처럼 연도를 바쳐 줄 사람들이 있을 거라는 생각을 하니까 마음이 든든하고 행복하고 죽음의 길을 홀로 걸을 때 웃으면서 갈 수 있을 거라는 확신이 들었습니다.

마치 나를 이끌어주는 천사들의 목소리 같기도 했고 또 나를 배웅하는 지상의 사람들의 연가 같기도 했습니다. 어느새 오 분이 되었는지 관 뚜껑이 열렸습니다. 묵주가 다시 내 손에서 벗겨지고 내미는 손을 잡고 일어나 나왔습니다만, 그곳에서 조금 더 있고 싶었습니다. 왜냐하면 나는 관 속에서 내 영혼이 잠깐의 쉼을 가진 것을 알았기 때문입니다.

수고한 몸이시여
어서 들어오십시오.
평생 당신이 흘린 땀의 보람이
관 한 평밖에 없답니다.
세상에 태어날 때보다 당신이
조금 더 컸다는 것뿐,
당신이 번 돈으로 옷 한 벌 걸쳐
입었다는 것뿐,
당신의 손때가 묻은 나무 묵주가
두 손에 감겨져 있을 뿐,

그 누구의 간섭도 받지 않고

그 누구의 눈치도 보지 않고

영원히 허기지지 않는 곳으로

모셔다 드리겠습니다.

먼 길 가는 동안 편히

쉬십시오.

졸시 〈관〉

관에서 나오자 살아 있는 많은 눈들이 나를 보고 있었습니다. 그 사람들을 보았을 때 얼마나 고마웠는지 모릅니다. 다시 살아 얼굴을 보아서 고마운 것이 아니고 나의 죽음에 연도를 바치며 기도해 주어서 너무 고마웠던 것입니다. 구성진 연도 소리에 내 영혼이 편안했기에 사람들이 정겹게 느껴졌습니다.

그 뒤로 나는 죽음이 두렵지가 않습니다. 그리고 정말 몸 하나밖에 들어가지 못하는 공간이 그토록 소중할 줄 몰랐습니다. 내 육신을 하늘의 문턱까지 데려다 줄 관에 누울 날을 생각하면서 허무보다는 감사함을, 무서움보다는 따뜻함을, 차가워진 육신보다는 하늘로 가는 영혼을 편안하게 데려다 줄 관은 소중한 나의 마지막 자동차라고 생각할 것 같습니다.

누군가에게로부터 관을 보면 밥맛이 떨어진다는 말을 들었습니다. 나는 그날 이후 밥맛이 더 있습니다. 막연하기만 했던 죽음의 체험을 하고 나니까 죽은 내 몸과 육신은 너무 편안할 것이라는 확신이 들어서입니다. 앞으로 모르는 누군가를 위해 연도 바칠 시간

이 있으면 부지런하게 다니리라 그리고 정성을 다해서 구성진 기도
를 하리라 마음먹으며 오늘도 나는 김이 모락모락 나는 밥을 먹기
위해 숟가락을 듭니다.

그 길을 갈 때
당신이 함께 계시니
나 두렵지 않습니다.
그 길을 갈 때
당신이 함께 계시니
나 뒤돌아보지 않습니다.

〈길을 갈 때〉

오월

텔레비전 연속극 주인공 남자가 헌 책방 앞에 있는 오월의 독자란에 분필로 이렇게 썼습니다. '너를 위해 맛있는 요리를 해 보이고 싶은 달' 오월은 그런 달인가 봅니다. 누군가에게 마냥 해 주고픈 달. 그래서일까요? 오월엔 결혼식이 많은 것을 발견합니다. 나 역시 오월의 신부입니다. 꼭 오월에 결혼을 해야겠다고 생각해서 한 건 아니지만 어른들께서 오월에 결혼을 하면 잘 산다고 하는 말을 믿었기 때문일 것입니다. 하지만 내가 오월을 좋아하는 이유는 결혼과는 다른 의미에서입니다.

'오월' 하고 입을 모아 불러보면 저만치서 가고 있던 고향이 바로 코앞까지 다시 다가오는 듯한 느낌이 듭니다. 어머니와 태평양을 사이에 두고 떨어져 살던 때 나는 오월엔 괜히 가슴이 포근해지곤 했습니다. 오월에서 나는 어머니를 느낀 것이지요. 초록이 펼쳐지는 나무 틈에서 보이는 푸른 하늘의 여백을 보며 눈을 감으면 어머니가 박꽃처럼 환하게 보입니다. 그리고 오월의 하늘 아래를 걷다보면 새들의 소리도 왠지 더 청청하고 하늘을 찌를 것 같은 사이프러스 나무의 건방도 겸허한 몸짓으로 보입니다.

오월에 산을 오르다 보면 또 느낄 수 있습니다. 움츠리고 있던 산 꽃나무들이 기지개를 켜면서 피어 올린 희고 노란 꽃들을 보면 나도 모르게 감탄사가 절로 나옵니다. 산도 살아 있었습니다. 산 아래의 평온에서 봄꽃들의 축제가 끝나길 기다리다가 산은 오월의 꽃을 피워냅니다. 제각기 다른 얼굴로 오월의 하늘을 보겠다고 태어난 꽃들을 보면 하느님의 사랑을 느낄 수가 있습니다.

그래서 나는 유독 오월 달에 산을 자주 오르곤 합니다. 우리 마을 뒷산은 온통 바위로 되어 있습니다. 그 바위틈으로 나 있는 길을 따라 올라가면 우리 마을인 시미밸리(Simi Valley)가 훤히 보이고 또 먹이를 찾아 사냥을 다니는 코요테들이 간간이 보입니다. 118번 프리웨이는 마치 강줄기처럼 계곡과 마을 사이에서 굽이쳐 흐르고 안개도 돌산 모퉁이를 돌다 잠시 허리를 꺾어 쉬고 있는 모습도 오월에 산을 타면서 더 잘 볼 수가 있습니다.

독일의 시인인 괴테도 오월을 이렇게 노래했습니다.

소녀여, 소녀여
나는 너를 사랑한다
오오 반짝이는 네 눈동자
나는 너를 사랑한다

종달새가 노래와
산들바람을 사랑하고
아침에 핀 꽃이
향긋한 공기를 사랑하듯이

괴테의 〈오월의 노래〉 부분

며칠 전에 만물이 초록으로 물드는 오월에 내가 아는 머루 빛 눈망울을 가진 아가도 태어났습니다. 푸르른 오월에 세상에 태어난 아가에게 젖을 먹이는 엄마가 행복해 하던 모습이 눈에 선합니다. 산고를 치르면서 품에 아가를 안은 엄마는 그저 세상에서 가장 행복한 여인이 된 듯 미소 짓습니다.

아가의 눈망울은 세상에 태어났다는 신고를 하듯 자꾸 우리를 보며 인사를 합니다. 처음으로 엄마의 젖을 물면서 생존하는 법부터 아가는 배웁니다. 아가의 앵두 같은 입술에 머루를 닮은 눈망울, 오뚝한 코와 예쁜 두 귀는 엄마와 아빠를 닮은 것이라고 사람들은 말합니다.

그 모습을 보다가 문득 나를 낳은 어머니가 내게 젖을 물리면서 행복하셨을 순간이 그려졌습니다. 세상에 첫 호흡을 시작했을 때부터 세상에서 사는 법을 배우게 된 그날, 나는 여자아이로 태어난 탓에 할머니로부터 받아야 했던 차별 대우에 어머니는 많이 우셨다고 회고하셨습니다. 요즘도 가끔 내 손을 잡으시고 희미해져가는 기억에서도 그때 받으셨던 서러움을 내게 말하시며 울먹이는 어머니를 꼭 안아 봅니다. 그때 그런 설움을 받으셨어도 그 딸이 이렇게 장성해서 잘 살고 있으니 어머니는 얼마나 대견하실까요?

여자아이들의 탄생이 축복받지 못했던 그 암울한 시대에 태어난 것은 오직 나뿐만이 아니라고 어머니를 위로하지만 같은 여자로서 출산의 기쁨보다 눈물의 시간을 견뎌야 했을 마음을 이해할 것 같습니다. 아니, 충분히 이해합니다. 여자이기 때문이지요.

남녀평등의 시대를 지나 오히려 여자가 각광받는 이 시대에 온 아가는 세상에 태어난 값을 커다란 울음으로 치르더니 엄마의 젖을 물고 꿈나라로 빠졌나 봅니다. 그때야 우리는 작은 단풍잎 같은 아가의 손도 만져보고 머리도 만져보고 오뚝한 코도 쓸어보았습니다.

맨발로 태어난 아가의 발바닥을 만져보다가 잠시 기도합니다. 부디 이 여린 발바닥으로 세상을 걸어 나갈 때 신께서 보살펴 주시어 모든 사람들에게 사랑받고 부디 어떠한 아픔을 겪더라도 꿋꿋하게 일어나 다시 걸어갈 굳은 의지를 갖고 살아가게 해 주시라고요. 그리고 무엇보다도 자기 자신을 먼저 사랑하는 사람으로 살아가게 해 주시라고요.

온전히 엄마에게 자신을 맡기며 잠들어 있는 아가를 보고 돌아서 병실을 나올 때 나는 세상에 오래 산 까닭으로 아이 앞을 뒤꿈치를 들고 살금살금 걸었습니다. 아가를 안은 엄마는 부은 얼굴이지만 세상에서 가장 행복한 미소를 보입니다. 병원을 빠져 나오는데 하늘이 표현할 수 없을 정도로 푸릅니다. 사랑하는 사람들에게도, 태어난 아가에게도, 아가를 품에 안고 행복해 하는 엄마에게도 이 오월에 하느님의 축복이 가득 머물길 소망해 보았습니다.

맑은 호수처럼 사랑하고픈 달이기도 하고 사랑받으려고 하는 몸짓들이 천지에 보이는 오월, 이 오월에 내 사랑은 또한 어떻게 심어볼까 고심 중입니다.

오, 하고 입을 모으면

사랑하세요!

말하고 싶어지네

경이로움과 감탄사의

대명사인 오월

오,

꿈을 펼치고 싶은

달이여!

나무는 꽃을 피워내며
당신을 찬미하는데
나는 무엇을 피워내며
당신을 찬미할까요?

〈 꽃나무 〉

길

사람과 동물이 지나가고 나면 길이 됩니다. 태초부터 길이 나 있었던 것은 아닙니다. 사람이 발길 닿는 대로 걷다가 뒤돌아 볼 때 길은 나 있는 것입니다.

우리 마을 앞에 구불구불 나 있는 길은 사람들이 역청을 깔아 만든 길입니다. 하지만 그 옛날 인디언들이 살면서 자연스럽게 걸어 다니던 들길이었던 곳이 아스팔트길이 되었는지도 모릅니다. 성당에 갈 때에도 한국 마켓을 갈 때에도 그 길을 달려갑니다. 강물처럼 굽이치는 길을 따라 돌산 모퉁이를 돌아설 때 느끼는 환희는 이곳에서 사는 사람이 아니면 맛보지 못합니다.

마치 억만 년 전에 공룡들이 살았을 법한 범상치 않은 곳이 한눈에 보이기 때문입니다. 움푹 파여 있으면서 아침에 깔린 안개를, 혹은 는개를 볼 때면 신비스럽기까지 하니까요. 돌 산 모퉁이를 사이에 두고 밸리와 우리 마을이 갈라져 있습니다. 이곳에서는 지척이라고 할 수 있는 장소를 가더라도 자동차로 움직여야 합니다. 한국처럼 골목과 마켓, 그 사이에 집들이 들어서 있는 곳이 아니기 때문에 이곳에서는 자동차가 두 다리 역할을 톡톡히 하는 셈이지요. 사치

품으로 갖고 있는 사람들은 거의 없을 정도로 자동차는 간단한 것들을 사러 갈 때에도 꼭 필요한 필수품입니다.

그런데 어느 날부턴가 내 눈에 들어오는 길이 있었습니다. 길을 따라 돌산을 넘어 달리다 보면 언젠가 사람들의 손에 의해서 만들어졌지만 지금은 낡아서 주저앉고 있는 길을 볼 수가 있습니다. 육교와 연결되어서 이쪽 길에서 저쪽 길가로 가려던 사람들이 만들어 놓았다가 무용지물이 되어버린 길입니다.

그 길을 볼 때마다 내 가슴은 아립니다. 사람들이 많이 다녀서 허물어지는 길이 아니라 아무도 걸어 다녀주질 않아서 외로움에 사무친 길이라는 걸 금세 알 수가 있습니다. 그 길 군데군데 쩍쩍 갈라진 틈새로 들풀이 자라고 있기 때문입니다. 사람이 다녀야 길도 행복하나 봅니다. 길도 사람 발자국이 사뿐사뿐 밟아주어야 살아 있는 의미를 느끼나 봅니다. 인적이 끊기니까 점점 주저앉고 있는 그 길에 잠시 걸어주고 싶어집니다. 너도 길이란다, 라고 말하면서요. 그 길이 언제까지 버틸지 모르겠습니다. 길이 제 모습을 잃고 사라져 버리면 길옆으로 나 있는 튼튼한 길을 달릴 때마다 나는 그 길을 그리워 할 것입니다.

사람도 다른 사람이 곁에 있어야 외롭지 않듯이 길도 사람이 다녀야 외롭지 않은 것이겠지요. 사진 찍는 친구는 그 길을 사진기에 담으려고 아슬아슬한 곡예를 탑니다. 그 길은 알까요? 무너져가고 있는 제 모습에 가슴 아파하는 사람이 있다는 것을요.

그 길을 보고 어느 날 썼던 졸시입니다.

무너진 가슴 끌어안다가

주저앉고 마는가

한 모금의 물을 마시지 못해

사막에서 쓰러져 가는 나그네처럼

어느 해의 반짝이던 모습은 간데없고

잡초만 무성하다니,

아,

길이 아닌 길은 없다고 누가 말했는가

발자국 없다 외로워하지 말게

그립다 말하지 말게

갈라진 마음 부둥켜안고

기어이 한마디 하고 만다

내게로 와 주라고

〈길〉 전문

"나는 어디로 가야 합니까?"
물으면
"그 답은 네 가슴에 있다."
답하시는 당신

〈당신〉

겸손

벤추라(Ventura)에 있는 미션성당을 갔습니다. 가을아침 햇살이 눈부시게 빛나던 날이었습니다. 그 성당에는 십자가에서 못 박혀 돌아가신 예수님이 실제인 것처럼 느껴질 정도로의 고상이 있습니다.

그런데 그 성당 앞마당을 지나치다가 고개를 숙이고 피어있는 꽃을 발견했습니다. 빨갛고 작은 종 같기도 한 그 모습에 마음이 끌려 그 꽃나무 앞에 쪼그리고 앉았습니다. 그리고 고갤 수그린 채 나무에게 매달려 있는 꽃의 얼굴을 들여다보다가 깜짝 놀았습니다. 그 꽃 안에는 마치 종이로 접어놓은 것 같은 빨간 장미 같기도 한 또한 개의 꽃이 들어 앉아 있습니다.

그런 꽃은 처음 보았습니다. 수그리고 있는 꽃의 고개를 들어 올리고 꽃 안을 들여다본 순간 그 꽃이 내게 안겨다 준 감동의 가르침은 겸손이었습니다. 보통 꽃들은 속까지 훤히 보여 줍니다. 한국의 할미꽃은 고개를 수그리고 피어나지요. 이십오 년 넘는 세월 동안 미국에서 처음 보는 그 꽃의 이름은 아직도 모릅니다. 하지만 빨간 장미 같은 꽃을 품고 있는 꽃은 내게 가르쳐 주었습니다.

겸허하게 마음을 낮추는 법을요. 벼는 익을수록 고개를 숙인다지요. 그리고 가을은 바람이 불지 않아도 아름답게 불타는 단풍을 벗어 놓는다지요. 그것들 속에서 사람들은 겸손을 배운다지요. 같이 갔던 친구가 너무 예쁘고 신기하다며 사진기에 꽃을 담았습니다. 꽃을 치켜들고 꽃이 숨기고자 했던 아름다운 속을 찍을 땐 참으로 미안했습니다만 나의 욕심에 부디 꽃이 몸살을 앓지 않았기를 바라며 친구를 도와주었습니다.

'겸손의 꽃'이라고 내가 이름을 지어 주었습니다. 그 꽃의 진짜 이름이 있겠지만 나는 꽃을 '겸손의 꽃'이라고 부를 것입니다. 얼마나 아름다웠는지, 또 얼마나 겸손했는지 꽃을 바라보고 그 꽃을 키워 낸 키 낮은 나무를 바라보지 않은 사람은 모를 것입니다. 찰칵, 찰칵, 몇 장을 찍고 돌아오는 내내 가슴에선 알 수 없는 기쁨이 넘쳐 흘렀습니다.

성당의 십자가고상에 매달린 예수님의 죽음 앞에서 꽃은 도저히 고개를 들지 못했던 것일까요? 예수님의 수난과 죽음 앞에서도 나와는 다른 무관한 수난과 죽음으로밖에 여기지 않는 사람들도 있는데 하물며 작고 예쁜 그 꽃은 아름다움을 숨기며 고개를 떨구고 있는 모습에서 어찌 보면 예수님을 떠올리게도 하였습니다.

언젠가 성경 공부를 가르치시던 수녀님은 이렇게 말했습니다. 겸손은 양보하는 것이라고요. 그리고 톨스토이는 또 이렇게 말했습니다. 겸손한 사람은 모든 사람으로부터 호감을 산다고요. 최근에 나는 겸손은 양보하는 것이라는 가르침에 마음을 세워 두었습니다. 그리고 매일매일 양보하는 마음으로 요 며칠 지내고 있습니다. 하지만 나도 모르게 고개를 치켜 든 교만은 다른 사람들의 위에 서려고 합니다. 그럴 때마다 그 꽃을 떠올려보려고 합니다. 겸손하다고 느끼는 사람 곁에는 좋은 사람들이 모여들듯이 고개를 숙이고 있는 그 꽃이 껴안고 있는 아름다움을 보면 사람들은 그 꽃에게로 마음이 모일 것입니다.

일 년 중에서도 12월이 되면 사람들은 겸손의 참 의미를 깊이 생각하게 됩니다. 더군다나 신앙을 갖고 사는 사람들이라면 겸손하게 세상에 오신 아기 예수님을 보고 겸손의 빛을 발견합니다. 그리고 묵상하게 될 것입니다. 제일 바쁜 달인 12월에 진정으로 겸손한 꽃 한 송이가 내 가슴에 피어지길 희망해 봅니다. 창문 밖에는 바람이 불어댑니다. '겸손의 꽃'이 보고 싶습니다. 친구가 찍었다는 그 꽃을 보려고 내 마음은 벌써부터 그의 집으로 달려가고 있습니다.

나는 꽃에게 묻습니다.
겸손이 무엇이냐고

꽃이 내게 묻습니다.
겸손을 보았느냐고

〈꽃과 나 2〉

벽 타기

    겨울 한낮에 개미가 콘크리트 벽을 오르고 있습니다. 그런데 자꾸만 끝까지 오르지 못하고 도중에 떨어지고 맙니다. 몇 번의 벽 타기를 시도하는데 개미는 또 몇 번이고 땅에 떨어져 낙심하고 있습니다.

    떨어지고 또 떨어지면서도 그 벽을 오르려고 애쓰는 개미 앞에 쭈그리고 앉았습니다. 등으로 따뜻한 겨울 햇살이 쏟아졌습니다. 그러면서 혼자 중얼거렸습니다. "미련한 개미, 차라리 포기하고 다른 길로 돌아가지 기어이 절벽타기를 하고 있는가? 쯧쯧,"

    그때 풍뎅이처럼 생긴 벌레가 콘크리트 벽을 기어서 내려왔다가 다시 올라가 버렸습니다. 개미는 그 벌레를 보면서 얼마나 부러웠을까요? 그래서일까요? 그 개미는 포기를 하지 않고 다시 일어나 벽을 탔습니다. 역시 또 떨어져 버렸습니다. 아마도 개미집이 그 벽 위쪽 어딘가에 있나 봅니다. 몇 번을 떨어져 기진맥진했던지 개미는 요지부동으로 죽은 듯이 있습니다.

    기어이 벽을 올라타서 집에서 기다리는 사랑하는 개미들에게 가고야 말겠다는 의지를 되새기면서 에너지 재충전을 하고 있는지도 모르는 일입니다. 나는 한참을 앉아서 개미가 어떻게 다음으로 걸어가는지 기다려 보기로 하였습니다.

쉽게 좌절하고 또 쉽게 목숨까지도 끊어버리는 세상에 오늘 만난 개미는 뭐든지 할 수 있다는 의지를 보여 줄 것인지 아주 궁금해졌습니다. 한참을 앉아 있는데 다리에 쥐가 났습니다. 그래도 혹여 내가 일어나면 커다란 검은 그림자를 인식해서 개미가 오르려던 벽 타기를 포기해버릴지도 모를 일이라고 여기며 절려오는 다리를 손으로 내리쓸면서 앉아 있었습니다.

한참 있다가 개미가 움직이더니 벽을 타기 시작했습니다. 천천히, 천천히. 아, 마침내 벽 위에까지 개미는 올라섰습니다. 나약해진 마음을 개미는 바로 잡았던 것입니다. 오로지 집으로 가기 위해서가 아니라 벽 타기에서 지고 말면 세상 모두에게 지고 만다는 생각으로 이를 악물었을 것입니다.

나는 마음으로 개미에게 박수를 보내면서 눈으로는 웃었습니다. 참 잘했다고요. 겨울 볕이 봄볕보다 더 따뜻한 것은 살을 에는 듯한 추위에서 볕을 받기 때문일 것입니다. 개미가 꼭 벽 타기를 해야 했던 이유는 모릅니다. 하지만 개미는 자신의 나약함에게서 이겼습니다. 앞으로 개미는 어떠한 난간에서도 포기하거나 겁을 먹지 않고 걸어갈 것입니다.

하늘을 봅니다. 푸른 하늘에 비행기가 획을 긋고 내 시야에서 벗어나 가고 있습니다. 그분이 보시기에 나 또한 개미보다 더 작은 존재일 터, 하지만 그분이 소중하게 여기는 존재 또한 나라는 확신을 버리지 말고 맡겨진 시간을 열심히 살다보면 내가 가고자 하는 그곳에서 그분을 뵐 날이 있지 않을까? 생각해 봅니다.

벽을 탑니다

옹이가 박혀 가슴이 천근처럼 무겁지만

하늘을 향해 오늘이란 벽을 타고 있습니다

나락으로 떨어지더라도 포기하지 않을 것입니다

당신은 이유 없이 벽을 타게 하지 않을 것이기 때문입니다

아슬아슬하게 벽을 타다보면

훗날,

가슴에 박힌 옹이가

뽑혀져 버릴지도 모를 일입니다

마음이 갈대처럼 흔들릴 때
그분이 붙잡아 주셨음을
먼 훗날 알게 됩니다.

〈훗날〉

푸른 눈의 남자

어제는 비가 쏟아졌습니다. 두꺼운 옷을 입고 큰아이와 신종플루 백신주사를 맞으러 건강센터에 아침 일찍 달려갔습니다. 우리 마을에 플루 백신이 들어와 건강센터에서 처음으로 주사를 놔 주는 날이었습니다. 얼추 잡아 육십 명이 벌써부터 건강센터 문 열기를 기다리며 줄을 지어 있었습니다. 큰아이와 나는 맨 줄 뒤에 섰습니다. 마침내 9시부터 문을 연 건강센터 진료실에는 두 명씩 들어갔습니다. 우리 차례를 기다리는 동안 곧 있으면 졸업을 하게 된 큰아이가 대견스럽기도 하고, 또 경제가 안 좋은 요즘에 대학을 졸업해도 직장 구하기란 하늘의 별 따기라 이런저런 걱정을 나누고 있었습니다.

그런데 내 뒤에서 한국말이 들려왔습니다. 순간적으로 뒤를 돌아다보았습니다. 눈이 파랗고 머리 노란 백인 남자와 할머니들뿐이었습니다. 나는 잘못 들었나 보다 생각하고 큰아이와 또 이런저런 말을 나누고 있었습니다. 줄은 조금씩 줄어들고 있었습니다. 그런데 또 "나 지금 바빠서……."라는 한국말이 들려왔습니다. 나는 다시 뒤를 돌아보았습니다.

내 뒤에 서 있던 눈 파랗고 머리 노란 백인이 전화기를 대고 말을 하고 있었습니다. 그때 "아니야, 어머니 모시고 닥터 정에게로 와. 내가 이 플루 주사 맞으면 그리로 갈게." 하는 것이 아니겠습니까? 내 귀가 쫑긋 섰고 두 눈이 번쩍 뜨였습니다. 중후한 백인이었습니다. 그는 분명 백 퍼센트 한국말로 누군가와 전화로 이야기를 나누고 있었습니다. 나와 큰아이는 놀란 표정을 지으며 가만히 등 뒤에서 들려오는 말을 본의 아니게 듣게 되었습니다.

정확하게 한 자도 어눌한 점 없이 한국어를 척척 해 내고 있는 그의 말소리를 들으며 신기했습니다. 외국에 사는 1.5세 한인들도 발음을 어려워하는 한국말을 어떻게 저토록 완벽하게 말할 수 있을까. 나는 뒤를 다시 돌아다보았습니다. 그는 누군가와 막 대화를 끝내고 손전화기를 바지 주머니에 넣고 있었습니다.

나는 어눌한 영어로 "당신이 지금 한국말을 하셨나요?" 하고 물어보았습니다. 그는 웃으며 "네. 제 아내에게 전화를 했습니다." 믿어지지 않을 정도로의 완벽한 한국어로 답을 했습니다. "와우! 안녕하세요. 어떻게 한국말을 그렇게 잘하세요? 제가 정말 깜짝 놀랐습니다. 한국분이 있는 줄 알고 뒤를 돌아다보았는데 선생님께서 한국말을 하고 계시더군요." 자연스럽게 한국말로 말하는 내게 그는 웃으며 "선생님은 무슨……. 저는 스미스입니다. 그냥 스미스라고 불러주세요." 나는 또 한 번 그의 겸손함에 부끄러워졌습니다. 나는 얼른 큰아이를 그 사람에게 인사시켰습니다. 큰아이도 대학교에서 한국어를 공부하고 있던 중이라 아들의 인사를 받고 그는 한국말로 아들에게 말을 건넸습니다.

미국에서 태어난 아들은 한국말이 서툴러 혀 꼬부라진 소리를 하는데 스미스 씨는 한 토씨도 틀리지 않고 술술 한국말을 잘했습니다. 그때부터 나는 이것저것을 그에게 물어 보았습니다. 그는 한국에서 23년을 살다 왔다고 했습니다. 미국에서 대학을 마치고 한국에 대한 호기심 한 가닥을 가지고 무작정 한국으로 건너간 그는 연세대학교에서 4년을 한국 역사에 대해 공부했으며 졸업을 했다고 했습니다.

그리고 그는 대학을 졸업하고 모 라디오 방송국에서 일여 년간 일하기도 했답니다. 그 뒤 한국 여자를 만나 결혼을 했으며 슬하에 아들 둘에 딸 한 명을 두고 살고 있다고 하였습니다. 그의 한국에 대한 애정은 대단했습니다. 하나뿐인 딸도 미국에서 2년제 대학을 졸업시키고 한국으로 올해부터 보냈답니다. 한국의 역사와 한국말을 배우게 하기 위해서지요.

그는 지금 아내와 홀로 되신 장모를 모시고 살며 무역을 하고 있습니다. 그는 유창한 한국말로 나에게 미국에 사는 한국 아이들의 미래를 걱정했습니다. 특히 로스앤젤레스 근처에 사는 한국 아이들이 대부분 모국어를 잊어버린 채 살아가는 모습들이 가슴이 아프다고도 말했습니다.

나는 그가 하는 말을 조용히 들을 수밖에 없었습니다. 내가 오랫동안 미국에서 살면서 느꼈던 점을 그가 정확하게 지적했기 때문입니다. 우리 아이들만 보아도 그렇습니다. 미국에서 태어난 큰아이는 스물한 살, 둘째 아이는 열일곱 살, 셋째 아이는 열다섯 살이지만 한국말을 잘하지 못합니다. 한국 사람들이 없는 곳에서만 살아온 이유도 있지만 내가 한국어를 가르치지 못한 부끄러움이 때문이었습니다.

휴스턴에서 캘리포니아로 이사 온 뒤로는 아이들이 한국학교도 가고 또 대학교에서 한국어를 택해서 공부도 하는 것을 보면서 기특하다는 마음만 가지고 있을 뿐, 아이들에게 한국 역사에 대해서도 가르쳐 주려고 애써 본 적이 부끄럽게도 없습니다.

스미스 씨는 장모님의 된장찌개를 제일 좋아한다고 말했습니다. 그리고 한국에 일 년에 두 번씩 가서 일부러 시골의 허름한 집을 빌려 아이들과 아내, 그의 장모와 몇 달씩 머물면서 상추도 키우고 배추도 키워 먹는 즐거움에 산다고 말했습니다. 그의 웃음은 낯익은 한국 농부들의 모습이었습니다. 또 고아원에 가족이 일주일에 한 번씩 찾아가서 아이들과 놀아주기도 하고 기부도 하면서 지내다가 미국으로 돌아온다는 말을 할 때는 눈동자와 머리와 피부색만 다를 뿐 그는 나보다 더 대한민국을 사랑하는 사람이었습니다.

그는 내게 명함을 건네주며 언제고 어려움이 있으면 연락 주라며 포근하게 웃었습니다. 그때 건강센터 간호사가 나와 큰아이의 이름을 불렀습니다. "안녕히 가십시오." 그가 우리에게 인사했습니다. 나도 허리를 깊숙이 숙여 그에게 작별인사를 했습니다. "스미스 씨! 한국을 사랑해 주셔서 감사합니다. 많이 배웠습니다." "천만예요." 웃는 그에게 돌아서면서 나는 과연 얼마만큼 내 나라를 아끼는 사람일까. 따끔한 플루 백신주사를 맞는 동안 깊이 생각했고 온종일 창밖에 내리는 비처럼 내 가슴에도 부끄러운 비가 주룩주룩 내리고 있었습니다.

뜨겁게 울고 난 뒤에야
비로소 사람이
보이기 시작합니다.

〈울고 난 뒤〉

눈

내가 사는 곳은 겨울에도 흰 눈을 볼 수가 없습니다. 눈을 보려면 두어 시간 또는 여섯 시간 정도를 운전해서 가야 흰 눈을 볼 수가 있습니다.

나이에 따라 좋아하는 계절도 달라지나 봅니다. 처녀 때는 겨울을 무척 좋아했던 것에 비해 지금은 늦가을을 무척 좋아하니 말입니다. 이가 없으면 잇몸으로 산다는 말이 있듯이 눈을 볼 수가 없으니 이곳을 지나가는 계절 중 늦가을에 마음을 담았던 것이겠지요.

흰 눈을 좋아하지 않는 사람은 거의 없을 것입니다. 함박눈이 펑펑, 하늘에서 날리면 무작정 뛰쳐나가서 입을 크게 하늘로 향해서 벌리고 눈을 받아먹던 어린 시절 추억은 누구에게나 있을 것입니다. 옛날 우리 집 앞마당은 꽤나 넓었습니다. 밤새 함박눈이 내려서 무릎까지 쌓인 아침이면 빗자루로 눈을 쓱쓱 쓸어서 길을 내시던 아버지가 떠오릅니다. 아버지의 눈 쓸던 소리에 잠에서 깨어날 때는 기분이 너무 좋아서 마치 토끼처럼 방문을 열고 나가서 눈 위를 달려 다니고 싶은 기분이었습니다.

그리고 겨울 첫눈이 내리는 날이면 친구와 약속이라도 한 듯 기차

역에서 만났던 기억도 있습니다. 무작정 기차를 타고 남쪽으로 내려가면 설국의 풍경은 설익은 영혼을 어디론가 데리고 갑니다. 그 맛에 그랬을까요? 친구와 나는 무작정 기차에 몸을 실었습니다. 그러면 기차는 현실이 아닌 동화의 나라로 기차는 우리를 데리고 가곤 했습니다.

감수성이 많았던 친구와 나는 바람 부는 날이거나 눈이 쌓이는 날엔 손을 호호 불어가면서도 기차를 타고 아무 역에서나 내려서 쏘다니곤 했습니다. 그렇게 친구와의 무작정 기차 여행이 끝나면 어김없이 불호령을 맞았던 기억도 있습니다.

코스모스의 가녀린 모습이 가을 언덕으로 사라지고 나면 흰 눈은 나뭇가지에서 꽃이 됩니다. 눈꽃이지요. 긴 담뱃대를 탕탕 화로에 치시며 하늘하늘 날리며 떨어지는 눈을 바라보시던 할머니의 눈빛도 생각납니다. 일찍이 할아버지를 여의시고 평생을 홀로 기나긴 겨울밤을 지내면서 긴 담뱃대에다 입만 뻐끔거리며 할아버지를 향한 그리움을 태웠던 할머니.

지금 생각해 보면 할머니의 기나긴 겨울 동무는 아마도 흰 눈이었던 것 같습니다. 늦은 밤에도 잠을 이루지 못하시고 유난히 귀가 밝으셨던 할머니는 눈 발자국 소리를 들으며 도란도란 허전한 마음을 나누셨을 것입니다.

나는 눈사람 만들기를 좋아했습니다. 눈뭉치를 만들어 내 등에 몰래 넣고 도망치는 오빠와는 달리 나는 눈사람을 아무렇게나 만들어서 눈과 코와 입을 만들어 놓고 미처 완성하지 못한 미완성 작품의 눈사람을 수도 없이 만들곤 했습니다. 그래서 엄마에게 꾸준히 만들지도 못하냐는 핀잔도 자주 들었답니다.

이곳에 살면서도 아이들과 함께 두어 시간 정도 운전을 해서 눈을 보러 갑니다. 해마다 시월 말일 정도면 높은 산꼭대기에는 눈이 와 있거든요. 그곳은 빅베어밸리(Big Bear Valley)입니다. 그곳에 가서 흰 눈 보고픈 맘을 조금 다스리고 돌아오면 비바람만 치는 산 아래 겨울을 견딜 수 있습니다.

눈밭에 뒹굴면 아이가 되어가는 걸 느낍니다. 세상 근심걱정 없는 아이가 되어서 눈사람도 만들었다가 눈을 안고 서 있는 나무를 짓궂게 발로 한번 차 보았다가도 합니다. 동심으로 돌아가서 세상 먼지를 털어내고 돌아오는 순간. 머릿속에 있는 쓰레기들이 말끔히 치워지는 걸 느낍니다. 그래서 흰 눈이 참, 좋습니다.

눈꽃이 피어나는
아침이면
나무들의 겸손이
보입니다.

〈나무〉

배웅

배웅하는 마음을 전에는 미처 헤아리지 못했습니다. 사랑하는 사람이 어디론가 갈 때 배웅해 주는 마음은 얼마나 아플지, 얼마나 외로울지, 얼마나 무서울지, 마치 미지의 세상에 홀로 남겨진 것 같은 두려움이 엄습해 와도 꾹 참고 그 사람을 잘 보내줘야 하는 마음, 그 마음을 마지막 아이를 대학교로 떠나보내면서 조금은 알게 되었습니다.

얼마 전, 막내아들이 대학을 갔습니다. 기차에 몸을 싣는 아들을 보면서 같이 따라 타고 싶었지만 참았습니다. 내게 즐거움을 주던 아이가 대학이라는 거대한 사회로 여린 몸을 던지는 것을 나는 지켜보아야만 했습니다.

울지도 말아야 하고, 엄살을 부리지도 말아야 하고 그저 두 손을 살랑살랑 흔들며 플랫폼의 멋을 내야 했습니다. 기차가 기적을 울리고 내 눈앞에서 사라질 때까지 한참을 바라보는데 코끝이 시큰거리면서 홀쩍, 소매로 눈가를 훔쳤습니다. 가랑잎이 빗방울에 흔들리는 것을 보는 척했지만 마음은 막내아이 옆자리에 앉아 같이 바다를 보며 가고 있다는 걸 부인할 수 없었습니다.

우리는 살면서 배웅을 많이 하고 삽니다. 어머니를 저세상으로 보내면서 배웅하기도 하고 아버지를, 형제를, 혹은 사랑하는 남편과 아내를 그리고 자식을 그렇게 관계 안에서 배웅을 하며 살아갑니다. 태평양을 건너 시집가는 딸을 배웅했던 어머니의 마음을 이제야 돌아보게 됩니다.

내가 자식을 배웅해 보니, 드디어 어머니가 나를 배웅했던 그 마음을 헤아릴 줄 알게 되는 것입니다. 얼마나 나를 보내면서 따라 오고 싶으셨을까? 생각하면 지금 내가 아들을 떠나보내는 마음과 비슷할 거라는 생각이 듭니다. 많은 사람들이 우리 곁을 떠납니다. 지상의 여기에서 저기로 떠나가는 것이 아니라 아무도 못 가 본 오직 죽어야만 갈 수 있는 나라로 사람들은 점점 떠나가고 있습니다.

가끔 공동묘지에서 산 사람들의 배웅을 받고 침묵의 나라로 간 이름들을 보게 됩니다. 적막한 그곳에서 꽃들만 옹기종기 외로움을 달래주고 있는 듯하지만 그들은 살아 있는 사람들의 배웅을 진심으로 받은 사람들입니다. 살아 있어도 자존심 때문에 자기의 잘못을 가리면서 다른 사람이 자기에게 준 마음을 배웅하는 척하는 사람들이 있습니다.

목련이 떠나는 것을 아카시아가 배웅하고 민들레가 떠나가는 것을 로즈메리가 배웅하듯이 지상이라는 플랫폼에 남은 사람들은 먼저 저승으로 가는 기차를 타고 떠나간 사람들을 배웅합니다. 훗날에 나 혼자만 남을지도 모르는 일입니다. 아는 친구들이 모두 떠나가고 나 혼자 이 지상의 숲 속에 남겨져 있을 때 적막감에 눌려 숨쉬기도 힘들 것 같습니다. 언젠가 스승님께서 친구들이 하나 둘 떠나니까 빈 섬에 홀로 남아 있는 것처럼 무섭도록 피부에 새겨지는 적막감을 실감했다고 말하셨던 것이 기억납니다.

미리미리 배웅하는 마음가짐을 익혀야겠다는 생각이 듭니다. 영원히 곁을 머무는 것은 세상에 없기 때문에 내게 머물고 있는 것들을 잘 마무리해서 배웅하는 법을 익혀야 하겠습니다. 오늘 얼굴 붉힌 친구에게 훗날 그가 혹은 내가 떠나는 날을 생각하면 얼굴 붉힐 일도 없을 듯싶습니다. 그때 후회가 별로 없이 친구를 배웅할 수 있도록 미소로 대해 주어야겠습니다.

배웅한다는 것은
그리움을 남겨 놓는 것입니다.
그리움을 남겨 놓는다는 것은
다시 만날 훗날을 기약하는 것입니다.

〈배웅〉

흰 자전거를 타는 아이들

어느 날인가 흰 자전거가 마을 중학교 앞 사거리에 세워졌습니다. 온통 하얗게 색칠이 된 자전거엔 곰 인형이 앉혀져 있고 소소한 꽃다발들이 자전거 앞에 놓여 있습니다. 가만히 보니 타다가 만 초도 몇 개 놓여 있습니다.

궁금한 마음은 금세 풀렸습니다. 중학교 앞 사거리에서 길을 건너던 여학생이 자동차에 치여 목숨을 잃었다는 소식을 동네신문을 읽다 발견했습니다. 벌써 몇 번째인지 모릅니다. 그곳은 어처구니없는 죽음의 자리로 정해져 버렸습니다. 슬픔을 애도하며 가족과 친구들이 놓은 흰 자전거 주위에는 아이를 그리워하는 손길들이 갖다 놓은 꽃과 인형들과 커다란 카드가 쌓여 있습니다.

자신의 마지막 이승의 자리가 될지 몰랐을 가여운 아이들의 넋이 마치 흰 자전거에 앉아 있는 듯합니다. 사람들의 과속으로, 어른들의 아둔한 눈 때문에 아이가 서 있는 것도 모르고 엑셀을 밟은 탓이 오래도록 사거리에 새겨져 있는 것입니다.

그런데 요즘은 그 흰 자전거가 여기저기에서 눈에 자주 보입니다. 얼마나 많은 부주의의 사고로 안타깝게 생명들이 이승을 떠나가는

지 흰 자전거를 보며 지나칠 때마다 마음이 무겁고 아픕니다.

나에게도 교통사고의 아픈 기억이 있습니다. 작은 자동차를 타고 세탁소에서 남편의 바지를 맡기고 집으로 돌아가던 중이었습니다. 뒷자리에는 마침 시부모님께서 함께 탑승하고 계셨습니다. 자동차는 빨간 신호등 앞에 섰습니다. 앞에는 커다란 트럭이 서 있고 내 뒤에 제 차보다 높은 자동차(SUV)가 오면서 브레이크를 밟지 않고 그대로 자동차 뒤를 받았습니다. 그 충격으로 힘이 없는 내 자동차는 그대로 앞 트럭의 뒤꽁무니를 들이받았고, 나는 충격으로 목과 엉치뼈가 아프면서 몸을 움직일 수가 없어서 앰블런스에 실려 병원 행을 했어야 했습니다.

다행히도 시부모님께서는 놀라기만 했을 뿐 별 커다란 상처는 입지 않으셨습니다. 얼마나 다행스런 일이었는지. 휴스턴에서 우리 집에 놀러 오셨다가 당하신 사고라 나는 내 몸의 안전보다 그분들의 안부를 병원 행을 하면서도 묻고 또 물었던 것을 기억합니다.

앞이 일그러진 자동차는 그대로 정비소로 넘겨졌고 나도 엑스레이를 찍어보았는데 천만다행으로 크게 다친 곳은 없었습니다. 뼈들과 근육이 놀랐을 뿐인 것 같다며 의사는 통증 약만 내게 주었습니다. 나의 삶이 더 연장되었다는 것을 왕창 일그러진 자동차를 보고서야 알게 되었고, 가슴에 시커먼 멍만 남기고 어디 한 군데 으스러지지 않게 지켜주신 하느님께 감사했습니다.

이렇듯이 목숨은 순간적으로 잃을 수 있습니다. 그때 뒤에 있는 큰 차가 조금만 더 세게 들이받았더라면 아마도 지금쯤 나는 이 세상 사람이 아닐 것입니다. 그때의 사고만 생각하면 아찔해서 운전

도중에 속도도 줄이고 또 그 길을 들어설 때면 등골부터 오싹해져서 자동으로 백미러를 자꾸만 보게 됩니다.

어느 날 갑자기 학교에 간다고 집을 나선 자식을 저세상으로 보내게 된 부모의 마음은 어쩌겠습니까? 이 세상에서 부모와 자식의 인연으로 만나 정을 나누고 살다가 갑자기 곁에서 자식의 존재가 사라져 버린다고 생각하면 그 마음은 아마도 온전한 마음이 아닐 것입니다. 자식은 가슴에 묻는다고 했듯이 사고로 이별을 해야 하는 부모들의 가슴엔 황량한 바람만 불 것 같아 흰 자전거를 보면 아이들의 부모가 걱정이 됩니다.

처음 흰 자전거를 보며 썼던 졸시입니다.

> 기다려
>
> 너에게로 가는 길에
>
> 흰 국화 한 다발 들고 갈게
>
> 〈너에게로〉 전문

오늘도 흰 자전거를 타고 하늘로 간 아이들이 있을 것입니다. 그 아이들의 영혼을 위해 기도합니다. 사고가 없는 하늘나라에서 부디 평안하길…….

당신의 세상에선
굶주린 아이들도
총 맞은 아이들도 없을 것입니다.
그 세상에
얼른, 가보고 싶습니다.

〈그 세상〉

계단

가끔 산행을 하다가 만나는 계단이 있습니다. 흙으로 나 있는 계단은 보이지 않는 것 같으면서도 보이고 또 보이는 것 같으면서도 허물어진 모습입니다. 그래도 산을 타는 사람들은 그 계단을 잘 밟고 위로, 위로, 올라갑니다.

계단을 밟고 내려갈 때는 모릅니다. 그 계단의 소중함을요. 하지만 밑에서 다시 올라설 때 계단이 있으므로 위로 한 걸음, 한 걸음 올라설 수 있으며 다리에 미치는 힘든 무게가 줄어든다는 것에 고마워하지요. 내려갈 땐 가볍게 비우라고, 또 오를 때에는 감사하라고요. 지금껏 무수히 계단을 밟고 오르내려도 아무런 생각이 머물지 않았습니다. 나이 탓일까요? 요즘은 산에 나 있는 계단을 만나기만 하면 깊어지는 나를 보게 됩니다.

산을 오를 때 있는 계단은 누군가 분명 만들어 놓았을 것입니다. 그는 산을 타는 사람들이 조금이나마 힘들지 않게 하려는 마음으로 계단을 만들어 놓았을 것입니다. 나무를 사용해서 무너지는 흙을 붙잡도록 해 놓은 계단은 짓궂은 또 다른 누군가의 발에 의해 군데군데 무너진 곳도 있습니다.

사람들은 인생에서도 무수한 계단을 밟고 오릅니다. 아픔으로부터 딛고 오르는 계단, 고통으로부터 딛고 올라서는 계단, 사랑의 슬픔으로부터 딛고 오르는 계단. 그 계단을 딛고 올라설 때 우리에게 보이는 하늘은 말할 수 없이 소중한 지혜를 가슴에 새겨 줄 것이라 생각됩니다.

인생의 계단을 걸어오를 때 우리는 하느님을 수없이 만납니다. 계단 틈에 나 있는 들꽃에서나, 소소한 무엇에서건 하느님의 현존을 느끼며 눈앞에 놓인 계단을 조심스레 밟고 오르기도 합니다. 혹은 가끔씩 어느 계단의 단계에서는 자신을 비난할 때가 있습니다.

타인에게는 잘하려고만 하고 정작 자신은 하잘 것 없는 존재로 여기며 그것이 겸손인 줄 알고 계단을 오르려는 발걸음을 멈추고 멍하니 서 있을 때가 있습니다. 하지만 내가 없으면 이 세상은 없습니다. 내가 없으면 인생이란 계단에서 만난 사랑하는 사람들도 없고 내가 없으면 어느 계단에서 하늘을 보고 웃었던 웃음도 없습니다. 세상에서 가장 귀한 존재가 '나'라는 사실을 가슴 깊이 간직하면서 칭찬과 격려를 스스로에게 하며 긍정적인 사고를 갖고 살다 보면 하늘로 이어지는 계단을 밟아 오를 때마다 힘이 솟아 기쁘게 다음 계단을 향해 발걸음을 옮겨 놓을 것입니다.

나를 소중히 여기는 사람이라면 타인에게도 비난보다는 칭찬을, 부정보다는 긍정의 말을 더 많이 건네며 살아가겠지요. 계단은 내 발만 편하게 만들어주는 개체가 아닙니다. 내가 어떻게 하느냐에 따라 계단은 힘들게도, 또는 수월하게도 오를 수 있을 것입니다. 계단에 새겨지는 우리의 발자국엔 삶의 흔적이 새겨져 있습니다. 세월의 블랙홀로 들어가 버리는 것을 가끔은 뒤돌아보면서 계단을 차근차근 올라서야 하겠습니다.

잊지 마세요. 계단의 높고 낮음을 결정지을 사람은 바로 자신이라는 것을요. 어떻게 계단을 바라보느냐, 그리고 현재의 계단에서 다음 계단으로 어떻게 올랐는가에 따라 아름다운 하늘을, 혹은 참혹한 하늘을 보게 될 것입니다. 오늘 내 앞에 놓은 계단을 어떻게 한 발, 한 발 내딛을까 가만히 침묵 중입니다.

계단을 밟고 오르다보면
하늘에 갈 수 있나요?
하늘이 푸른 까닭은
가도 가도 끝이 없음이 아닐까요?

〈계단〉

처음처럼

나는 '처음처럼'이란 소주를 좋아합니다. 소주 맛을 좋아하는 것이 아니라 소주병에 새겨진 글귀를 좋아합니다. '처음처럼' 가만히 읽고 있으면 가만가만히 현재의 불투명한 나 자신이 처음의 나를 만나게 됩니다.

얼마나 풋풋한 글입니까? 처음으로 책가방을 매고 초등학교에 갔던 날이 떠오르고 또 처음으로 브래지어를 착용했던 때가 떠오르고 처음으로 달거리를 했던 때가 떠오릅니다. 어디 그뿐입니까? 처음으로 사랑을 알았던 순간이 떠오르고 처음으로 남자와 한 이불에서 잠을 잤던 날이 떠오르고 처음으로 생명을 출산했던 고통 뒤의 신비가 떠오릅니다.

처음처럼 산다면 얼마나 좋을까요? 매사에 시들해졌을 때 처음의 마음을 떠올릴 수 있다면 좋을 것입니다. 움켜쥐고 있던 것들을 내려놓고 비움으로써 욕심이 사라질 수 있다면, 마음 한켠을 차지하고 있는 미움을 비움으로써 자유로워질 수 있다면, 새로 떠오르는 태양을 보며 '나는 누구이며 어디로 가고 있는가?'를 생각할 수 있다면, 우리는 매일 매일을 아름답게 마무리하듯 살 수 있지 않을까요?

그래서 처음은 중요합니다. 마무리를 아름답게 하려면 처음처럼 마음을 가져야 할 것이고 처음처럼 상대방의 마음을 볼 줄 알아야 할 것입니다. 살면서 쉽게 우리는 자신의 첫 마음과 주위 사람들의 첫 마음을 놓치게 됩니다. 하지만 그럴 때마다 다시 돌아서서 첫 마음으로 볼 줄 알게 되면 주위에 머무는 사람들이 소중하다는 것을 잊지 않을 것입니다.

법정 스님의 책 『아름다운 마무리』에는 이런 글이 있습니다. "아름다운 마무리는 처음의 마음으로 돌아가는 것이다. 일의 과정에서, 길의 도중에서 잃어버린 초심을 회복하는 것이다. 아름다운 마무리는 근원적인 물음 나는 누구인가? 하고 묻는 것이다. 삶의 순간 순간마다 나는 어디로 가고 있는가 하는 물음에서 그때그때 마무리가 이루어진다. 아름다운 마무리는 비움이다. 비움에 다가가는 것이다."

이 글 앞에서 내 마음은 한참동안 머뭅니다. 그리고 초심을 잃지 않는다는 것이 얼마나 어려운 것인지 생각해 보았습니다. 어제의 일을, 혹은 금방 시침과 함께 지나간 내가 한 말이나 모습을 끄집어내어 본다는 것은 쉽지 않은 일입니다. 그런데 처음을 떠올리기는 물론 더욱 더 쉽지 않기 때문에 우리는 노력을 해야 합니다.

무슨 일에서나 누구와의 관계에서 처음처럼의 나를, 내게 다가왔던 그 누구의 첫 마음을 보려고 노력한다면 어긋나려던 일들도 다시 바로잡아 놓을 수도 있을 것입니다. 만약, 첫 마음을 찾지 못한다면 현재의 얽힌 관계에서의 매듭을 풀 수가 없을 것입니다.

어느 순간에 정을 나누던 사람이 내게 가슴 아프게 할 때 처음 내게 다가왔을 때의 그 사람의 모습을 떠올리면 그 사람이 새롭게 다가올 때가 있습니다. 풋풋하던, 이해관계가 아닌 그저 해 주고픈 마음을 떠올린다면 그 사람은 나의 미움의 대상에서 슬며시 제외됩니다.

어느 날 나를 아끼던 상사가 갑자기 나 아닌 다른 사람에게 각별함을 보이며 미워질 때, 또는 오랜 결혼생활로 남편의 모습이 무료해질 때, 또 오랜 세월 만나던 친구가 야속하게 느껴질 때, 처음에 만나서 느꼈던 순간을 떠올리면 미움이, 야속함이, 무료함이 신선해지며 감사의 대상으로 다가올 것입니다.

아이들도 마찬가지입니다. 첫 울음을 터트리며 세상에 태어났던 아이의 처음을 떠올리면 아이들이 맘을 알아주지 못하고 조금 서운하게 하거나 속상하게 해서 화가 나더라도 조금은 예쁘게 보일 것입니다.

이렇게 '처음처럼'이란 말은 참으로 소중한 말입니다. 살면서 내가 문득 싫어질 때 처음처럼 사람들에게 자상했던 내 모습을, 세상에게 너그러웠던 모습을 떠올려 보겠습니다. 그러면 처음처럼 내가 되돌아갈 수 있을 것 같으니까요.

홀로 있어도
그대가 있어서 괜찮습니다.
그럭저럭 견딜 만합니다.

〈홀로 있어도〉

풍경

세상은 풍경입니다. 그 풍경에 사람들이 있어서 더 아름답습니다.
자연과 사람들이 어우러져 만들어내는 풍경은 팍팍한 가슴을 부드
럽게 만들어 줄 수 있습니다.

봄볕이 좋은 어느 날 오후 길을 달리다가 자동차 바퀴에 못이 박
혔습니다. 집에서 약 오 분 거리에 있는 아메리카 타이어 샵에 갔습
니다. 그곳에 가면 기분이 좋습니다. 일하는 젊은이들이 너무 친절
하기 때문입니다. 언제든지 가서 바퀴에 바람 좀 넣어주라고 하면
상냥한 목소리로 팁도 받지 않고 서비스를 잘해 줍니다.

프리웨이를 달리다가 박힌 커다란 못이 선명하게 보입니다. 청년
들이 당장에 못을 빼내고 구멍을 때워야 한다고 했습니다. 점점 공
기가 빠진 타이어는 바람 빠진 풍선처럼 쪼글쪼글해지고 있었습니

다. 점심도 먹었겠다, 급할 것 없는 마음을 잠시 쉬기로 하고 차를 맡기고 숍 밖에 있는 벤치에 앉아 책을 읽고 있었습니다. 봄볕과 미풍이 참으로 살갑게 내 몸을 감쌌습니다.

법정 스님의 책 『무소유』를 읽으며 독서 삼매경에 빠져 있는데 내 곁으로 아이와 엄마가 지나갔습니다. 그들은 내가 앉은 쪽에서 몇 걸음 떨어진 테이블이 딸린 의자에 앉았습니다. 오후의 볕을 쬐며 나른해진 눈에 자연스럽게 모녀의 행동이 들어왔습니다.

금발머리 백인 아이는 가방에서 동화책을 꺼내서 테이블에 놓고 아이의 엄마는 가방에서 영수증을 한 뭉텅이 꺼내서 테이블 위에 펼쳐 놓습니다. 그러더니 아이는 동화책을 띄엄띄엄 읽기 시작했습니다. 이제 막 유치원을 다니고 있는 아이라는 것이 책 읽는 소리를 들으며 알 것 같았습니다. 언제 꺼내 놓았는지 아이 엄마는 커다란 계산기를 두드립니다.

『백설 공주와 일곱 난장이』를 읽고 있는 아이의 목소리는 점점 높아져 갔고 여자의 계산기 두드리는 소리도 아이의 목소리와 어우러져 마치 오후가 빚어내는 교향곡처럼 들려 왔습니다. 그들 옆에서 나는 세상의 모는 것의 헛됨을 강조하며 무소유의 삶으로 살아가라는 책을 열심히 읽는데 문득 나를 비롯한 모녀가 너무도 잘 어울리는 삶의 풍경 같다는 생각이 들었습니다. 그러면서 가만히 눈을 책에서 내려놓고 그들을 훔쳐보았습니다.

사람도 풍경일 수가 있다는 걸 나는 그날 보게 되었습니다. 그들의 모습은 풍경이었습니다. 봄이 주는 풍경이지요. 바람은 잔디를 살랑살랑 흔들며 빗질을 해주고 햇살은 오후의 한가로움으로 여기저기에서 눈부시게 빛나고 여자와 아이는 서로 다른 소리를 내며 어우러지고 있었습니다. 그리고 그런 그들 옆에서 내 모습도 그들 덕분에 풍경이 되었답니다.

현실을 보여주는 아이 엄마의 계산기 소리와 동화나라를 여행하는 아이의 목소리와 …무소유』를 읽는 내 모습에는 세상의 삶이 들어있습니다. 영수증을 정리하는 여자의 머리에는 돈이 오가고 있고, 아이는 동화 속 백설 공주를 만나고 있을 것이고, 또 내 머릿속에서는 어떻게 하면 무소유적 삶의 길을 걸을 것인가를 열심히 찾고 있습니다.

'사람이 풍경일 때처럼 행복한 때는 없다'고 정현종 시인은 표현했습니다. 그 시를 읽을 때는 몰랐는데 막상 내 눈앞에 보이는 백인 모녀의 모습과 내 모습은 시인이 노래한 풍경, 그 자체였습니다. 봄날 오후 한때가 눈이 부시는 것은 사람이 있기 때문일 것입니다. 동화 속과 계산기 속과 무소유의 책 속에 들어 있는 마음들은 삶의 단면을 보여주고 있습니다. 내게 이러한 시간을 느낄 수 있게 해 준 자동차에게 고마웠습니다.

사람과 자연은 어우러져야 아름답습니다. 사람이 없는 풍경은 그저 액자 속 풍경에 지나지 않습니다. 하지만 사람의 어떤 모습이 들어 있는 풍경은 영원히 가슴에 살아 있는 풍경으로 남아 있을 것입니다. 사람과 소리가 어우러진 풍경을 보고 차를 몰고 집으로 돌아오니 냉기가 흐르는 현실이 조금은 부드럽게 보입니다. 참 고마운 일입니다.

마음을 나누고,
꿈을 나누고,
서로의 가슴에 믿음을 심을 때
사람으로 되어갑니다.

〈사람〉

편지함

편지함을 엽니다. 그 속에 켜켜이 쌓여있는 편지들과 광고 종이들이 눈에 들어옵니다. 그러다가 문득 국제편지봉투를 보게라도 되면 내 가슴은 두근거리기 시작합니다. 분명 한국에서 날아온 편지이기 때문입니다. 그리운 어머니, 혹은 형제, 혹은 친구들이 소식과 보고픈 마음을 담아 보낸 편지이지요. 그중에서 읽으면서 눈물을 흘리는 편지는 어머니의 편지입니다. 먼 이국땅으로 시집을 가 버린 딸 자식 그리는 마음을 꾹꾹 담아 보낸 어머니의 편지는 어김없이 나를 아이처럼 울게 만듭니다. 언젠가 어머니가 내게 보내신 편지 부분을 시로 옮긴 적이 있습니다.

"애야, 몸 성하게 잘 있느냐? 몽실이가 교통사고로 세상을 떠났단다. 고 녀석 집도 잘 지키고 너를 많이 좋아했는데 친정 걱정은 말고 남편 잘 섬기고 시부모 봉양 잘하고 네가 좋아하던 아카시아 껌 한 통과 내복을 보내니 추울 때 속에 껴입어라."

어머니는 내가 학창 시절에 아카시아 껌을 좋아했던 것까지 기억하고 계십니다. 아카시아 껌 종이에 쓰인 시 읽기에 재미를 붙여서 좋아했던 딸이 그리워 껌 한 통과 내복을 사서 보내신 것입니다. 뼈에 사무치게 어머니가 그립기 때문에 편지를 받은 날 밤에는 편지를 꼭 껴안고 잠자리에 들기까지 합니다.

요즘은 컴퓨터에 있는 전자 메일을 많이 이용합니다. 일이 분이면 세상 어디에서나 금방 내가 보낸 편지를 받아 보는 세상입니다. 편지함도 필요하지 않습니다. 마음을 금방금방 나누고 사는 세상에 아직까지 펜을 꾹꾹 눌러 편지를 쓰는 사람은 아마도 손으로 쓰는 편지에 사랑이 담겨 있다는 것을 믿기 때문일지도 모릅니다.

컴퓨터에서 받아보는 색깔 없는 마음보다 검은 볼펜이나, 혹은 청색 볼펜을 눌러 직접 손으로 쓴 편지를 받아 보면 내게 편지를 보낸 그 사람에게서 나는 그리움의, 혹은 진실의 향수를 맡을 수 있고 또 배웁니다.

내게도 유난히 손 편지를 써서 보내는 친구가 있습니다. 친구의 편지를 받으면 나비가 팔랑거리며 날아 앉을 것 같은 아기자기하고 예쁜 편지지에 글을 담아 보냅니다. 그저 일상을 보내며 느낌을 적어 보내기도 하고 또 나를 위로하는 글을 보내기도 합니다. 편지지를 가득 메운 친구의 그런 마음이 점점 더 귀하게 여겨집니다. 친구 덕분에 나도 예쁜 종이를 사서 친구에게 답장을 보내는데 그 마음이 참 좋습니다.

나도 친구와 함께 세상이 잃어가고 있는 무엇을 지키고 있는 것 같아 가슴이 뿌듯합니다. 손 편지가 사라지고 전자 편지를 받고 살아가는 세상은 먼 훗날 기계처럼 사람들 마음도 딱딱하게 될 것 같아 은근히 걱정이 앞서는 것 또한 사실입니다.

어떤 마을을 지나갈 때 편지함이 집 앞에 우뚝 세워져 있는 것을 보면 무척 반갑습니다. 편지함은 무겁게 집을 지키는 장군 같습니다. 그 집에 오는 마음들을 모아서 주인에게 안전하게 전달해주는 의무를 지니고 있는 편지함. 그런 모습은 내 눈길을 매번 붙잡습니다.

편지함은 내 가슴에도 있습니다. 누군가의 편지를 기다리는 편지함이 아니라 누군가에게 매일 써 놓은 편지들이 쌓여 있는 편지함이지요. 마음속으로 미안한 친구에게 짧은 엽서를 씁니다. 고마운 친구에게 고마움의 노래를 적습니다. 나를 아껴주는 분께 감사의 인사를 담습니다. 이제 우표를 붙여서 보내기만 하면 되는 편지를 아직 담고 있는 마음의 편지함 속 편지들을 내일이면 멀리, 또는 가까이로 모두 보내게 될 것입니다.

작은 것에서도 기쁨이 뭉게구름처럼 피어올랐던 적을 떠올리며 나는 지금도 누군가에게 편지를 씁니다. 그리고 그 편지를 편지함에 넣습니다.

꾹꾹 참았던 그리움을
고운 편지지에 적어서
아무도 몰래
살짝, 당신에게 넣습니다.

〈우체통〉

새해 소망

'겨울철이면 나무들이 많이 꺾인다. 모진 비바람에도 끄떡 않던 아름드리나무들이 눈이 내려 덮이면 꺾이게 된다. 가지 끝에 사뿐 사뿐 내려 쌓이는 그 가볍고 하얀 눈에 꺾이고 마는 것이다.'

법정 스님의 잠언집 『살아있는 것은 다 행복하라』 중에 있는 시 〈나무 꺾이는 소리〉 부분입니다. 이처럼 정말 겨울 숲 속에 들어가 보면 여기저기에서 나뭇가지가 꺾이는 소리를 들을 수 있습니다. 비바람에도 꺾이지 않던 소나무의 가지가 흰 눈의 무게로 투둑 꺾이는 소리는 숲을 장엄하게 울립니다.

솜털보다 더 가벼운 흰 눈송이에 꺾이는 나무처럼 누군가의 강한 질책보다 부드럽게 타이르는 진심어린 충고에 나의 고집과, 욕심과, 미움이 꺾이길 소망합니다. 그래서 부드러워진 나의 마음으로 모질고 거친 또 다른 마음을 포근하게 감싸 안을 수 있는 새로운 365일이 되길 희망해 봅니다.

다사다난했던 한 해가 하루 더 내 곁에 머무르다가 사라집니다. 그리고 새로운 해가 시작됩니다. 학명 선사는 이렇게 말했습니다. "묵은해니 새해니 분별하지 말라. 겨울 가고 봄이 오니 해 바뀐 듯하지만 보라, 저 하늘이 달라졌는가. 우리가 어리석어 꿈속에 사네."

그렇습니다. 해가 바뀌었다고 해서 하늘이 달라지는 것도 아니고 산이 달라진 것도 아닙니다. 다만 우리의 마음이 꿈을 꾸며 설레는 것이지요. 하지만 새로운 해를 맞이하며 꿈꾸는 사람들의 각오는 천지를 바꿀 수 있습니다. 세상을 바꿀 수 있습니다. 비뚤어진 소나무를 보고도 비뚤어진 못난 모습보다는 기묘한 예술작품으로 볼 수 있고 하늘에 흰 획을 긋고 지나가는 비행기의 흔적을 보고 바다에 배가 가는 것 같다는 시를 읊기도 합니다.

사람은 마음먹기에 따라 세상을 움직일 수 있는 능력을 가지고 있습니다. 내일도 어제도 묵은해도 새해도 모두가 사람들이 만들어 놓은 틀입니다. 자연은 틀을 만들어 놓지 않습니다. 그저 구름과 태양 따라 하늘빛이 달라지는 것이고 어둠과 밝음이 바뀌지면서 밤과 낮이 생긴 것입니다.

문득 지난해를 맞이해서 지금껏 가졌던 레졸루션(resolution)을 생각해 보았습니다. 지난해의 첫날에 나는 늘 신조처럼 되어 있는 '열심히 살자'와 '겸손하게 살자'를 마음에 세워 두었습니다. 열심히 살자는 결혼 전부터서 세워진 마음이라 괜찮지만 겸손하게 살기를 정해 놓고는 무척 고민이 되었습니다. 왜냐하면 순간순간 교만이 내 지성을 누르고 올라섰을 때가 있었던 것을 기억하기 때문입니다.

그래도 두 가지를 세워두고 한 해를 살았는데 지금 와서 뒤돌아보니 또 교만스럽게 살았던 적이 분명 있습니다. 열심히 살았다고는 자신 있게 고개를 끄덕일 수가 있지만 겸손했는가의 물음 앞에서는 고개가 쉽게 끄덕여지지 않습니다. 낮은 자리를 찾아서, 누군가에게 양보하는 마음으로 365일을 살아왔는지……. 참으로 부끄러워집니다.

내일을 맞이할 때나 새해를 맞이할 때 우리는 레졸루션을 가지고 살아갑니다. 하지만 지나간 레졸루션은 생각하지 않고 앞으로 다가올 날들에게 향한 새로운 레졸루션만 생각할지도 모릅니다. 그리고 너무나 버거운 레졸루션을 세워두고 거기에 미치지 못하는 자신에게 꺾여 삼사일 만에 내려놓은 적도 있을 것입니다.

우리가 지난해의 첫날에 가슴에 세웠던 레졸루션으로 얼마나 성숙해졌으며 또 얼마나 사랑하고 감사하며 얼마나 실천하고 살았는지 점검해 보는 것이 더 중요하다고 생각합니다. 지금이 그럴 때입니다.

다가오는 새로운 해에 나의 '레졸루션'은 가난과 겸손으로 정했습니다. 지난해에 이어서 겸손은 또 정해졌지만 왠지 겸손을 행해야 하는 레졸루션은 해마다 영원히 이어질 것 같습니다. 꽃이 피고 지고 또 피듯이 나에게 있어서 가장 힘들 겸손을 나는 해마다 일 년을 맞이하면서 '레졸루션'으로 새겨 둘 것입니다.

눈부신 태양은 여전히 같은 모습으로 떠오르고 하늘도 똑같지만 내일이 있어 힘든 오늘을 견디며 살고 있다는 것을 가슴에 두면서 말입니다. 가끔은 새벽부터 거리를 쓸고 있는 미화부 아저씨를 생각하고 가끔은 병원에서도 포기한 채 집에서 앙상한 죽음과 마주 서 있는 환자를 생각하며 또 가끔은 햄버거집 앞에서 쭈그리고 앉아 배고픔의 설움을 눈으로 말하고 있던 멕시코 할머니를 생각하며 살아야겠습니다.

그렇다면, 새해를 맞이하는 하늘의 소망은 과연 무엇일까요?

햇살에 사라지는 물방울처럼
나의 아집과 모순이
당신 안에서 사라질 때
칠색의 무지개가 보입니다.
〈무지개〉